Il Babbo

Ivan Macaux

Il Babbo

roman

Stock

Les vers reproduits en exergue et en pages 63 et 64 sont extraits de la chanson « Mon enfance ». Paroles et musique de Barbara © Warner Chappell Music France – 1974.
L'extrait des pages 180 et 181 est tiré de *Lire aux cabinets* de Henry Miller, traduit de l'anglais par Jean Rosenthal, © Éditions GALLIMARD.
Crédits photographiques : page 82 © Jack Beers – page 83 © Popperfoto/Getty Images.

Couverture Hubert Michel
Illustration de bande : © Daniel Grill/Tetra Images/Corbis

ISBN 978-2-234-07416-3

J'ai mis mon dos nu à l'écorce,
L'arbre m'a redonné des forces,
Tout comme au temps de mon enfance.

Un blason

En vingt ans de vie commune, je n'ai jamais connu mon père. J'ai cru y parvenir bien des fois, en vain. Rien que de très normal, sans doute. Le bonhomme est du genre changeant. Rien qui ne justifiât de ces nuits sans sommeil. Et pourtant, je ne suis pas dans mon assiette. Ça spaghettise dans le buffet, ça tirebouchonne dans le goulot. Anxieux, pour sûr, le narrateur. Je tente bien de prendre à partie le voyage qui s'annonce. Cela serait si simple de croire à une insomnie pré-road-trip la veille d'un grand départ. Cette boule épique d'excitation et de crainte. Du genre : cartes routières, *check*, brosse à dents, *check*, lunettes de soleil, *check*, penser à fermer les volets, le pique-nique, le linge qui sèche, ranger les chaises pliantes dans le jardin d'hiver, la table en fer forgé, couper l'électricité, pas l'eau, mettre la clé sous la bassine.

Mais, au réveil, j'appréhende le tête-à-tête, bouledingue le tout dans mon crâne. Je gratte, sniffe, morfle. Je voudrais bien le percer, l'animal. Oh, pas l'hallali. J'suis pas Brutus. Non, pas faire pleurer sur mon épaule. Suis pas l'enfant prodigue non plus. Je voudrais qu'on se parle, quoi. Il est des moments qu'on a beau vouloir neutres, ils se présentent à vous sous l'impérieuse nécessité d'être de ceux qui comptent. Ils arrivent malgré soi. Ça va venir. C'est maintenant. Ou ça ne sera jamais.

On claudique dans l'escalier, le pas lourd. La semelle, sous le poids, colle aux tomettes bancales. Poc, un pas. La main sur la rampe, elle glisse. Ça couine. Pas cirée, cette rampe. Poc, l'autre pied. Un temps. Il reprend son souffle. Ça résonne dans la vieille bâtisse. Il finira par descendre. Sa valise à la main. Pas besoin de le croiser. Une demi-heure d'avance. Comme toujours. Comme s'il « courait contre le temps ». Chronophobe. C'est dans le dico. Enfin, pas la peur de vieillir chez lui. Le paternel, c'est plutôt la peur de rajeunir qui le tiraille. Il vient de passer toute sa vie à acquérir son sérieux. À chiner son statut. Sa légitimité à être. Désormais, ça y est, il peut jouer les vieux messieurs respectables. « À cheval sur les horaires. » Il croit transcender ses aléas de vie. Parfois, comme ce matin, il semble les surjouer. Il califourchonne, ouais. Il pantomime le bourgeois pressé, le workaholic en mal d'air dilettante, le businessman en week-end champêtre. L'homme de peu drapé de l'homme de bien.

Le voilà qui arrive. « IL BABBO ». Il n'a rien d'italien, c'est ma mère qui l'est à moitié. C'est elle qui l'a surnommé ainsi pour nous. Avec l'accent, en tirant sur le « a ». J'aime le sobriquet. Aux heures claires, il sent le babillage et la bulle savonneuse. Aux heures sombres, il claque comme une sentence enfantine : « Pas beau ! »

J'ai senti le coup venir. Je le connais, le Babbo, j'avais anticipé. Mon sac est prêt. Il me regarde, étonné. Presque fier des valeurs transmises à sa descendance. Il me fait rire, j'le capte à des bornes à la ronde. Seulement, je me vexe car son regard me touche. Salaud. Laisse-toi m'être indifférent. Laisse-moi jouer les affranchis. D'accord, l'orgueil de t'être agréable ne se dissipe pas. Mais permets-moi de le croire, ça m'aiderait à grandir.

Nous chargeons la voiture. L'été commence à peine. Nous sommes en juin. La famille vient de passer quelques jours dans le Var. Ma mère et mon frère ont repris le train pour Paris. Rendez-vous urgents. Le Babbo et moi sommes tous deux aussi libres de vagabonder, lui retraité, moi étudiant. La Mamma l'a joué finaude : « Pourquoi ne pas en profiter pour ramener notre antiquité dans la capitale ? » Une Fiat Panda de quinze ans d'âge. Décapotable. Le char de Ben-Hur, en vert métallisé. Pour en faire quoi ? La vendre aux brocanteurs ? Aux enchères ? Allez, on jouera les Savoyards de bon cœur.

Le coffre finit par tout avaler. On se croirait le dernier week-end d'août, quand dire adieu à un vague amour serre autant le cœur que d'épousseter le sable de ses pieds pour la dernière fois. Je jette un œil au chemin comme par habitude, pour guetter une jeune fille bronzée qui ne viendra pas. Étrange la façon dont on ressent parfois le tiraillement d'un instant que l'on n'a pas vécu.

Cette baraque, je la connais dans ses moindres recoins. Dans ses moindres bruissements. À l'écart d'une bourgade à grillons, un mas ocre, deux étages, un grenier. Aux extrémités, deux tours crénelées qu'un facétieux propriétaire jugea noble d'ajouter fin XIXe. Un mégalo tenté par le goût médiéval d'alors. Quelques hectares de vignes autour. Quelques « bois à cabanes » aussi. Les gens d'ici disent « la pinède ». C'est plus chantant, mais sans promesse d'aventures.

« Les gens d'ici » : l'expression m'est venue spontanément. Dans le village, depuis trois générations, nous sommes les notables parisiens en villégiature. Enfant, mes grands-parents maternels me semblaient défiler. Leur Volkswagen Jetta comme cortège d'apparat. À mes yeux, le modèle avait été savamment choisi : une auto populaire mais de standing. Passer inaperçus mais marquer sa différence. Mon grand-père, ancien ministre chez de Gaulle, avait été maire du patelin pendant dix-huit ans. À Paris, il était un grand bourgeois parmi d'autres. Ici, il était un seigneur. Parfois, il prenait la 4L du gardien pour m'emmener acheter des bonbons. Ces quelques minutes de trajet me paraissaient un acte suprême de canaillerie. Un doigt d'honneur aux conventions. Sans doute cela devait-il faire doucement ricaner ici de voir passer notre équipage.

Durant des années, j'envisageai cette représentation du pouvoir local par l'automobile comme une simple divagation de mon esprit critique. Mais vint le jour où le nouveau maire fraîchement élu parada dans les rues au volant d'une Porsche. C'est peu dire que l'instant fit jaser. Devant la rumeur, l'impétueux n'eut d'autre choix que d'opter pour la raison. Ce fut une Clio, mais dont les jantes étaient toutes dorées. Histoire assurément d'imprégner son autorité. L'effet en fut catastrophique. L'affaire du « carrosse » pesa dans la campagne municipale suivante. Le malheureux ne dut sa réélection qu'à des trésors de persuasion (et – se chuchote-t-il – à quelques dessous-de-table).

« Arrête de rêvasser ! » Le Babbo me sort de ma torpeur. « Tu n'as rien oublié ? Fais un dernier tour des lieux avant de partir. » Je ris sous cape. Il ne sait pas à quoi il s'expose. Dès que je rentre dans une pièce, impossible de ne pas me laisser glisser. Au mur, des peintures moches. Un escargot près d'un violon. Une pie sur une branche. L'arrière-grand-père en bas-relief. Celui-là m'a toujours amusé. Comme si l'ancêtre avait voulu faire de moi, par un simple regard, un archéologue familial, un égyptologue parigo-sudiste. Au salon, quelques chaises Louis XV. Pour avoir vu le même modèle chez bien des amies emperlées de ma grand-mère, je trouvais prodigieux que ce roi eût autant de meubles, et très sympathique qu'il les dispersât dans de si nombreuses familles. Dans les chambres, partout des tissus provençaux défraîchis : fines percales, cretonnes rouges ou jaunes. Là espiguette lilas, ici jupes d'indienne. Croix de Camargue, médaillons d'Arles. Sur le bord d'une fenêtre, les traces de mes doigts d'enfant, enfoncés en cachette dans le mastic frais d'une vitre tout juste posée.

Dehors, un palier de béton sur lequel nous cassions des pignons. Le même où, chaque 25 décembre, la cousinade rejouait la crèche. Le rôle des douze bambins était prédéfini. Joseph. La Sainte Vierge, toujours la même cousine, une hérésie en soi, car elle passait sa vie à me tirer les cheveux. Trois ou quatre bergers. Trois ou quatre paysannes. Les Rois mages. Une dévote procession. Deux rôles étaient pourtant redoutés. Le pauvre Balthazar tiré à la courte paille finissait les vacances couvert des stigmates laissés par un mélange de charbon et de fard à paupières grassement étalé. Le benjamin que j'étais, lui, se devait d'être nu dans la paille. Mais, à sept ans, le Christ finit par exiger un slip.

En contrebas, une vieille piscine aux bords craquelés. Une cabine aussi, où ma grand-mère enfilait son « costume de bain », avant d'entamer une nage indienne. Pour ne pas « mouiller [son] brushing ».

Je connais chaque racine, chaque pierre chaude, tous les murs à margouillats. Aujourd'hui, c'est une tarente qui se fait bronzer. Le lézard s'alanguit dans la chaleur de cette fin de matinée. Brun mat, il est aussi beige clair selon l'heure de la journée. Il régule sa température en fonction. Certains soirs, j'allume une lumière dehors pour attirer les insectes. Les tarentes viennent chasser. Course folle dans la pénombre.

Je remonte. Le Babbo trépigne. Un chat dort sur le capot. La pétarade du moteur le fait sursauter. Je grimpe. Odeur de plastique cuit au soleil. Deux cents kilomètres par jour, sans prendre l'autoroute, il devrait nous en falloir cinq, peut-être six. Une petite semaine pour rallier Paris. Le Babbo conduira. Il ne supporte pas de l'être.

Pas un mot ne s'échange. L'allée de gravier défile. Les arbres se mettent à accélérer. Le relief de chacun d'eux m'est familier. Pas de romantisme excessif de ma part. Je ne suis pas le poète qui parle aux végétaux. Mon savoir est empirique. Localement, l'art du jeu de piste se pratique avec bandits. Cousins, oncles ou amis de la famille chargés de capturer les aventuriers les moins prompts. Je passais donc bien des après-midi ficelé à ces troncs, à attendre seul la fin de la partie. Cette captivité avait aussi ses tortures : placé à deux mètres devant moi, un fabuleux goûter destiné aux vainqueurs.

Là, ce pin parasol précisément. Tant fréquenté. Les méandres du tronc, ses cratères, ses canyons, deux fourmis arpentent un aven, se précipitent en précipices, ses veines, déchiquetées, sa peau grise, cendre, sa peau rouge, lave, sa peau de copeau, ses larges pans de vie qui s'effritent sous les doigts, ses strates infinies, oignon vertical, le craquement de l'écorce sous le pied, la coulée d'épines, couronne horizontale, la sève sucrée qui s'en écoule, et mes orteils collants.

Nous passons le vieux portail en pierre. L'odeur de terre et d'engrais s'estompe. La nationale 7 s'offre à nous. Nous traversons le fief. La grand-place. Là où l'on donnait du « Madame » à ma grand-mère. L'église. Le premier rang nous y était réservé. Lorsque nous arrivions de la capitale, cela se savait vite. On venait se renseigner au « château » pour savoir si « Madame » serait là dimanche. Cela se faisait naturellement, pour les uns comme pour les autres.

Ces messes étaient toujours une attraction. Une chorale hors norme assurait les chants, avec batterie, guitares électriques et synthés eighties. Du gospel méditerranéen. Harlem sauce aïoli. Si les voies du Seigneur sont impénétrables, Ses voix, elles, étaient impayables. Céline Dion comme sainte patronne de la paroisse. Par son influence, la diva québécoise a certainement fait beaucoup de mal au christianisme dans ces années-là. Les paroles étaient toutes prêtes à digérer. Je me souviens d'y avoir relevé plusieurs sophismes et quelques contrepèteries. J'aimais voir dévotes et culs-bénits entonner bouche béante : « Ce Dieuuu est puuur. » Le chef de chœur et parolier, M. Bègue, ancien guichetier de péage, y mettait toute son âme. Une recette évangéliste bien avant l'heure. Une décoction de dévotion folklorique sous un nappage de modernité. Ma grand-mère se prêtait de bonne grâce aux coutumes indigènes, trop heureuse de donner à voir son ouverture d'esprit.

Ces messes m'ont toujours rassuré : elles évitaient de penser. Tant de choses à épier, à discerner, à commenter. Un spectacle de prières. Celui que j'aimais surtout, c'était le vieux curé Paoli, imperturbable. Il devait pourtant avoir tourneboulé bien des fois sa conscience pour faire ces quelques concessions. Mais les ouailles revenaient au bercail. Le Seigneur lui pardonnerait.

À la sortie, les vieilles s'empressaient de saluer ma glorieuse aïeule avec la déférence qui convenait et une pincée d'orgueil à côtoyer de la femme de ministre. Mais leur admiration était loin de n'être que ronds de jambe. Vertige d'apprendre que Mme Baraglioul avait appelé ses filles des mêmes prénoms que ma mère et mes tantes... L'ironie du sort voulut que mon grand-père fût breton : les petites Soazig, Janick et Ganaëlle demeurèrent longtemps bien exotiques aux oreilles des villageois.

On distingue à peine sur la même place le campanile au beffroi de métal, avec son horloge. Et sur le fronton : République française. Une concurrence céleste au clocheton de l'église. Comme dans tous les villages provençaux se jouent encore ici les luttes dix-neuvièmistes du maire et de l'abbé. Aussi, selon les communes, Dieu ou l'État l'emporte-t-il en altitude.

À quelques tours de roue, la boulangerie. Deuxième haut lieu de sociabilité. De l'embrasure de la porte descendaient dans le temps d'affreux rideaux de porte « chenilles ». Après enquête, l'objet est toujours fabriqué. *En fibres synthétiques, coloris bicolore bronze chine et bronze uni.* Pour dire vrai, de gros boudins de velours rayé marron et beige, censés parer à une attaque de mouches. Ils devaient traîner là depuis des décennies. Leur toucher me rebutait. Mais on reprenait courage en pensant au trésor derrière cette herse : les bonbons.

« Une petite tropézienne pour la route ? » me glisse le Babbo en passant devant. C'est la fierté de la maison : ici naquit l'infâme brioche crémeuse. Autour de la recette régnait un mystère épais, très épais, et plein de sucre glace. Toute bonne famille du coin se devait d'en entamer une chaque dimanche... et de la finir. Question d'honneur. Question d'identité. Un jour, en épluchant *Var-matin*, ma grand-mère m'apprit que le pâtissier venait d'être incarcéré. La nouvelle me surprit peu. Je me dis que justice était faite, tout en m'interrogeant sur la nature exacte de la brigade gastronome venue l'interpeller. Cruelle déception, c'est pour un petit trafic de drogue que le boulanger fut puni. Malgré tout, cela expliquait peut-être cette universelle addiction à l'incompréhensible tarte.

Dernier coup d'œil à la sortie du village, le coiffeur trône sur le boulodrome. M. Roche n'a jamais eu un cheveu sur le caillou. Dès ma prime jeunesse, me confier aux mains d'un capilliculteur chauve m'avait paru suspect. L'homme me faisait peur par trop d'amabilités envers ma grand-mère. Une fois partie, il vous sanglait au fauteuil avant de vous asticoter à l'ancienne, au rasoir. La première fois, je devais avoir cinq ans, ma nuque s'en souvient encore.

Enfin, on quitte l'auguste cité. Je laisse derrière moi le camping Oasis. Celui où nous n'irions jamais mais qui nous faisait secrètement fantasmer. Ses nuits karaoké en plein air, dont nous percevions les échos par grand vent. Pas une de ces soirées qui ne fît murmurer « Tsss » à ma grand-mère. Quant à moi, je les tenais entre envie et répulsion, comme un mystère du peuple, méprisé car inaccessible.

La route est là. Nous abandonnons mon territoire. Devant nous, l'inconnu, ou presque. La nationale des petites pistes. Les Parisiens, comme il se doit, ne connaissent que l'autoroute.

Un œil. Un bras

« Qu'est-ce que tu lis ?

– Un bouquin de Zweig sur sa vie. *Le Monde d'hier*, ça s'appelle. »

Pour rompre le silence, le Babbo utilise toujours les livres. Faux badinage intello. Ce mode de communication s'est instauré entre nous pour mieux masquer notre gêne. À défaut de mieux, nous sommes entrés dans le jeu. Qui a commencé à intimider l'autre ? Qui a voulu montrer en premier qu'il avait la plus grosse paire de coupe-papier ? Nul ne le sait. Nous nous entretenons dans une boulimie de signes. Quoi ?! T'as pas lu Julien Gracq ? Et Leiris ? Et Cioran ? Et toi, tu connais un peu Lichtenberg, Maeterlinck, Pierre Louÿs ?

Avant de partir, comme pour mieux jauger un concurrent, je suis allé compter le nombre de bouquins sur sa table de chevet. Soixante-douze. Ce gars est un obsédé textuel. Une bibliothèque sur pattes. Ma mère en use et abuse. Comme une pièce dans un jukebox. « La capitale du Guatemala ? C'est quoi, un incunable ? Combien de litres dans un Nabucho de champagne ? » L'autre, flatté ou agacé, selon qu'il connaît ou non la réponse.

Lui-même s'est bien essayé à pondre. De son écriture « pattes de mouche », euphorisante et frénétique. Avez-vous déjà vu les brouillons sous mescaline de Sartre ? Le rendu en est très similaire. Mais le Babbo n'a jamais terminé aucun manuscrit. Ce qu'il entreprend, le Babbo ne le finit pas : il est pris d'un vertige. Il est perclus de rêves. Dans le cas présent, il a trop de respect pour la littérature. Couper les pages d'un livre acheté chez un bouquiniste relève de la mystique. M'initier à cet art fut un cérémonial. Caresser la couverture. Ne pas prendre de couteau. Ne pas prendre de ciseaux. Privilégier le coupe-papier. Toujours. Un coup sec. Recommencé. Humer les pages. Capturer les mots qui se découvrent dans l'encolure du pli.

La vérité d'un être se trouve toujours dans un livre : c'est son credo. Pas la peine de dialoguer. Il n'aurait qu'une vision parcellaire de l'individu. Son interlocuteur répond forcément à un chapitre, une page, une ligne. Rappelle-toi, vieux, le jour où je t'ai vu rentrer, tes encyclopédies sous le bras. Tiens, une nouvelle lubie. Tu vas pisser, je vais furtivement espionner les lignes ennemies. *L'Homosexualité de A à Z*, *Le Grand Livre de Sodome à Lovelace*, les mémoires de Boy George, et j'en passe. Quinze jours plus tard, j'apprenais que l'un de mes frères avait fait son coming-out. Le père n'avait pas dit un mot. Sa façon de comprendre, au Babbo. Et d'accepter.

Pourtant, je joue à le mépriser. Cet homme a lu trop de quatrièmes de couverture dans sa vie, et il le sait. Il sait que je sais. Souvent ça sonne creux. Il appelle cela « l'esprit Sciences-Po ». Il peut argumenter sur tout et son contraire, deux parties, deux sous-parties, sans jamais la synthèse. Tout a valeur égale, pourvu que cela se formule. Pas d'auteurs préférés, pas de philosophie de vie, pas de certitudes. Je me demande parfois s'il prend tout ça bien au sérieux. Je me souviens de ces pages de Kant minutieusement annotées de sa main. Et à la fin du dernier paragraphe de la dernière page, écrit en grosses lettres : « MON CUL ! »

En ce moment, il trippe sur l'ésotérisme et la pensée grecque. L'âge, sans doute. Il doit s'interroger sur Dieu. Il fut enfant de chœur, avant le désert. Aujourd'hui il cherche le « développement personnel », comme disent les magazines de bonnes femmes. Moi, de crise mystique, je n'en ai eu qu'une seule. En colo, le temps d'un après-midi, j'ai voulu devenir prêtre. La chaleur sûrement, le manque de sommeil et de nourriture saine.

Nous sommes déjà à Flayosc. Dépassé Draguignan. Draguignan et sa zone industrielle, Flayosc et ses maisons perchées. L'Estérel s'éloigne. La carte sur les genoux. Nous traversons ces ombreux villages provençaux. Presque interlopes. Ceux où personne ne s'arrête. Écrasés de chaleur la journée, mornes le soir dans leurs rues étroites. On enfile les venelles. Maisons rétrécies et collées, de l'ocreux au beigeasse. Les volets verts ou bleus. L'arrière-pays, celui que l'on néglige sur la côte car la mer n'a pas daigné le border. À peine remarque-t-on les jolis toits de tuile. Parfois des rues pentues. On y louvoie dans les calades, ces escaliers pavés où chaque marche fait trois pas. Chaque marche est basse mais profonde. Je me dis que c'est fait pour les vieux, pour les aider à grimper. Ici il n'y a plus qu'eux hors été, car les saisons vieillissent. Mais ça glisse quand il pleut. Et il n'y a pas de rampe. Non, ce doit être pour les ânes.

Les enfants, eux, les descendent à vélo, les remontent en courant. L'hiver, s'il neige, voici une piste tape-cul pour la luge. Sous le hurlement des mères, leur course va se finir sur la route départementale en contrebas.

Bientôt nous longeons des restanques. Des terrasses de culture comme un escalier de géant. De ces murets de pierre sèche, on ne sait s'ils retiennent la colline ou s'ils sont la colline. Des banquettes de terre, on ne dit rien. Dessus, la vigne, quelques buissons de houx.

On martèle le paysage.

Ça se met à tourner. Ils ont la passion des ronds-points ici. Je compte les lauriers-roses sur cent mètres, puis les cyprès, puis les oliviers. Je passe le temps. Des ouvriers travaillent sur une villa moche. Plus elle devient propre, plus ils deviennent sales. Au feu, on entend les conversations des gens dans les voitures. Vitres baissées. L'un dit : « Tu m'escagasses. » Le Babbo trace. J'allume la radio.

Vladimir Poutine parle du bouclier antimissile américain en Europe centrale. Les Ruskoffs envisagent de s'équiper en systèmes de contre-attaque. *Cold War rings a bell.* Le Babbo esquisse un sourire. La Russie, il connaît. C'est même le début de sa légende. Sa légende à mes yeux. J'étais pas vieux. Cinq ans ? Le temps use de son brouillage. L'enfant saisit des bribes de réalité et s'en recrée une autre. Il a sa propre temporalité. « On est quel jour ? Et c'est dans combien de dodos, Noël ? » Je me souviens de ma mère. Son inquiétude. Les mots « espion », « services secrets », « corruption » revenaient. D'autres, encore plus étranges. Je me souviens d'une énigmatique « crème lin ». J'imaginais un succulent blanc-manger au parfum de praline, d'une texture digne du dessert pour lequel on se lève tous, une trouvaille culinaire à faire fondre les neiges du pouvoir moscovite. Mais je ne parvenais pas à saisir le rôle de ce mets dans les rendez-vous professionnels du Babbo, dans ces phrases lourdes de guerre froide qu'employaient les adultes. Sans doute avait-il dû mettre au point une recette de diplomatie sucrée. Sans trop savoir pourquoi, je me représentais mon père déposant aux pieds d'un tsar d'opérette un pack de yaourts aux arômes magiques.

Eltsine n'était pas encore président, il s'occupait d'un organisme appelé La Maison de Russie. D'où ce nom me vint-il ? Il semble n'en subsister aucune trace aujourd'hui. Échange matières premières contre produits manufacturés. Grouillante grenouillère. Mon père y participait. Je me souviens de ce goûter d'anniversaire. Du téléphone sonnant. « Merde, mes Russes débarquent. » Ses intermédiaires, en visite à Paris, avaient eu l'envie soudaine d'un salut impromptu. « Continuez à jouer, les enfants. » Cela eut l'évident effet de nous inciter à arrêter toute occupation ludique pour observer la scène interdite. Aliocha était russe, copain d'école. Sa mère aussi. Elle fut aussitôt réquisitionnée pour jouer les interprètes. Quelques minutes plus tard, un simili-général et son ersatz d'aide de camp se présentaient à la porte de notre appartement. Assurément, l'effet de surprise qu'ils pensaient susciter n'égala pas celui de tomber sur une dizaine de marmots courant parmi confettis et ballons. Les deux hommes traversèrent ce qu'il restait de salon et furent reçus dans la seule pièce encore préservée, l'arrière-cuisine, où séchaient les torchons. Après avoir parcouru de haut en bas le minibar de leur hôtel aux frais du Babbo, ils s'étaient mis en tête de sortir dans Paris. Non pas pour visiter. Leur obsession était autre. Ils venaient demander de l'argent... pour faire des courses... chez Tati. D'où leur était venue cette idée ? Ni mes parents ni la pauvre interprète ne parvinrent à le comprendre. Quelques centaines de francs plus tard, l'élite de l'Armée rouge passablement éméchée nous quitta donc en direction de Barbès.

En ai-je le souvenir ? Ou l'altération de l'anecdote contée par ma mère ? Car l'épisode l'avait indisposée, et fait sourire mon père. Il avait obtenu ce qu'il voulait. Dans la semaine qui suivit, des accords furent signés. Le Babbo entreprit notamment d'affréter un bateau de godasses Bata. En retour devait lui parvenir une cargaison de bois. Le contrat était conforme. La Mamma me le raconterait bien plus tard. Les troncs devaient transiter par voie fluviale. Mais, dans chaque pays traversé, les autorités rechignaient à apposer leur tampon. Quelques enveloppes permirent enfin de faire avancer le chargement. Depuis Paris, le Babbo payait. Mais toujours dans la mauvaise poche. Les troncs n'arrivèrent jamais.

C'est le KGB qui l'arrêta lors d'un séjour à Moscou. Il s'apprêtait à sauter dans l'avion du retour. Interrogé sans que l'ambassade française ne sache où il se trouvait. On laissa entendre aux diplomates du Quai d'Orsay qu'il était suspecté de marché noir. L'un des échanges concernait des camions livrés par le Babbo. Une irrégularité de taille avait été constatée : c'étaient en fait des chars. Pris dans le glacis soviétique, le glacier des illusions, il avait perdu son pari. Arsène Lupin avait été défait par l'inspecteur Ganimard. Peut-être ne s'était-il pas assez bien grimé ? Peut-être sa haute taille avait-elle trahi son déguisement ? Peut-être la police connaissait-elle l'une de ses identités ? Peut-être les avait-il imprudemment choisies chez Maurice Leblanc ? Peut-être était-ce là un clin d'œil au héros préféré de son fils ? Raoul de Limézy ? Raoul d'Avenac ? Raoul d'Enneris ? Baron Jean d'Enneris ? Comte d'Andrésy ? Vicomte d'Andrésy ? Maxime Bermond ? Michel Beaumont ? Horace Velmont ? Jean Daspry ? Chevalier Floriani ? Baron Anfredi ?

Capitaine Janniot ? Colonel Sparmiento ? Prince Paul Sernine ? Prince Serge Rénine ? Duc de Charmerace ? Louis Valméras ? Étienne de Vaudreix ? Jacques d'Emboise ? Désiré Baudru ? Paul Daubreuil ? André Beauny ? Victor Hautin ? M. Nicole ? M. Lenormand ? Don Luis Perenna ? Marcos Avisto ? Ou Jim Barnett ?

Non, je mens. Le Babbo ne s'était affublé d'autres oripeaux que de ceux de la crédulité. Il ne s'était pas attifé. Il ne serait jamais Arsène. En vrai, le paternel ne devait rien connaître du traquenard, car il fut relâché. Après quatre jours, le temps de vérifier. Les innocents n'ont jamais d'alibi.

Lorsqu'il rentra à Paris, ma mère reprit l'interrogatoire à sa façon : qu'avait-il fait dans les geôles soviétiques ? « J'ai écrit des chansons », répondit-il très calmement. Preuves à l'appui, en sortant un petit cahier couvert de phrases et de croches. Il n'en reparla plus.

Qu'importe. Le mythe était né. Mon mythe. Impossible de lui quémander la vérité. Il faudrait se la fabriquer avec quelques indices. Je décidai d'en faire mon antihéros, mon escroc de haut vol, mon agent double familial. Jamais il ne me serait venu à l'esprit de lui réclamer des précisions sur quelque épisode de sa vie. Je le reconstruirais malgré lui. Par ce qu'il voudrait bien me laisser. Biographie de contrebande. Le recomposer hors de sa vue. L'inventer dans les marges. Ne pas lui calquer de schéma psychanalysant. Ni pervers narcissique ni béni-oui-oui. Une humanité tourmentée. Flamboyante et pathétique. Un homme qui se rêva plus grand qu'il n'est.

Putain, mais Zweig avait tout dit, et la phrase est devant moi : *Si notre mémoire retient tel élément et laisse tel autre lui échapper, ce n'est pas par hasard : je la tiens pour une puissance qui ordonne sa matière en connaissance de cause et la trie avec sagesse. Tout ce qu'on oublie de sa propre vie, un secret instinct l'avait en fait depuis longtemps déjà condamné à l'oubli. Seul ce que je veux moi-même conserver a quelque droit d'être conservé pour autrui. Parlez donc et choisissez, ô mes souvenirs, vous et non moi, et rendez au moins reflet de ma vie, avant qu'elle sombre dans les ténèbres.* Je crois en cette *puissance qui ordonne sa matière*. Je crois même qu'elle le fait à dessein. Tout dans ce monde répond à une dialectique. Absolument tout. Le temps, par exemple. Il n'est pas circulaire comme le pensaient les Grecs. Pas plus que linéaire, n'en déplaise aux chrétiens. Je crois en une spirale du temps, mais une spirale en marche.

Les pédants diraient une vision hégélienne de l'histoire. Une succession de phases révolues. Un nœud, puis une crise, puis une résolution intègrant le cycle qui vient de s'achever. Thèse, antithèse, synthèse. C'est par cette voie que le destin de l'humanité s'accomplit. Ainsi que l'Esprit trace sa voie. La grande histoire des contradictions de la pensée que la dialectique surmonte en passant de l'affirmation à la négation de cette affirmation, et de cette négation à la négation de la négation. Vous suivez ? Les philosophes allemands appellent ça l'*Aufhebung*. La négation est toujours partielle. Il y a toujours de la médiation intégrée à la négation. Toujours une issue qui permet de sublimer l'instant de crise. Il existe toujours des relations entre les opposés. Tout se développe dans l'unité des contraires, et ce mouvement est la vie du tout. Des exemples ? Hegel en prend. La thèse, c'est l'Ancien Régime. L'antithèse, la Révolution. La synthèse, Napoléon. Bonaparte achève la Révolution, mais ce n'est qu'une fois le cycle révolu qu'on le comprend. Et c'est reparti. La Restauration devient la thèse, la Seconde République, l'antithèse, Napo III, la synthèse. Etc.

La mémoire obéit aux mêmes lois. Pas de différence entre la grande histoire et la petite, celle de la pensée intime. Je crois en un temps spiralé des souvenirs. Une dialectique de notre vie passée. La thèse, c'est le temps présent. L'antithèse, ce vécu contre lequel je me construis. Et c'est là que l'*Aufhebung* joue à plein. Revoilà Zweig.

La *puissance qui ordonne sa matière.* L'Esprit vient accomplir son destin en choisissant de quoi faire la synthèse. Ce sont ces petits échos enfouis ramenés à la surface, l'infinité d'infimités qui remontent, et nous permettent d'avancer. Clore des cycles, en ouvrir d'autres. J'aurais pu me faire du Babbo un portrait différent. Plus lisse, plus apaisé aussi. C'eût été une autre forme de synthèse. Certains de mes frères font ça pour se bâtir plus sereinement. Une vision dulcifiée. D'autres résonances que les leurs me sont revenues.

Je n'ai pas choisi. Rappelez-vous, ce n'est qu'à la fin d'un cycle qu'on prend conscience de la boucle qui vient de se refermer. Hegel le disait : *La chouette de Minerve ne prend son envol qu'au crépuscule.*

Nous mangeons un sandwich turquoise face aux eaux gorgées du Verdon et du lac de Sainte-Croix. Nous sommes nichés. Je suis bien.

Depuis quelques années, les cigales ne chantent plus. Alors nous reprenons la route. Le Verdon toujours, et ses sommets carrés. Ça grimpe bien. On pique des épingles sur des lacets. Des frises de calcaire sculptent d'abrupts pinacles. Les oreilles se bouchent et se débouchent. La Fiat Panda ronchonne mais résiste. On ouvre l'antique capote de toile pour sentir le paysage.

Des odeurs de gomme chaude. Caillasse et buissons de genêts. On s'étonnerait à peine de voir surgir sur une crête le jeune Pagnol. Du haut de ce massif où cacardent les bartavelles.

Dans un des hameaux, je ne vois que des gens avec des cannes ou des béquilles. Que des vieux ou des éclopés. La saison des touristes n'a pas débuté. Parfois seulement quelques Anglais dans des voitures anciennes. Une forêt bientôt, les traces d'un incendie récent. Sur France Info, le monsieur de la météo au nez bouché l'a dit : « Aujourd'hui, grand soleil sur le pourtour méditerranéen. » Nous sommes dans le pourtour. Un hélicoptère nous survole. Le Babbo guette un départ de flamme. C'est quoi, tous ces arbres ? Des chênes ? J'suis vraiment un Parisien... Les ombres zèbrent la route. Puis la terre se fait ocre. Champs d'oliviers à perte de vue. Petite Andalousie. Chaque colline comme une coccinelle à pois verts.

On peut avoir des vertiges horizontaux.

Le Babbo jette des coups d'œil au panorama dans les lignes droites. Maintenant il rouspète. Un car tchèque traînasse devant nous. Je croyais que nous devions traînasser aussi. Pour lui, l'auto doit se conduire vite, c'est une question de principe. Il aime couper les virages. Moi je sors ma main au vent par la fenêtre et je l'ondule. Je casse mon poignet, paume face au souffle, puis je dessine une vague. Ça caresse. Comment appelle-t-on le creux entre chaque doigt ? C'est là que ça caresse.

Dans les villages, toujours des rangées de platanes. Je n'aime pas les platanes. Si les pins sont tigrés, les platanes sont mouchetés. Et je n'aime pas les mouches. C'est bête, quand je vois un platane, je pense à Camus. Au kilomètre 88 de la nationale 5, entre Pont-sur-Yonne et Paris. À sa voiture compactée. Le platane, c'est l'arme qui assassine les lettres, c'est l'ennemi sauvage de la pensée, c'est la flore qui se venge de la faune, la branche qui tombe sur les Lumières. De tout temps, jamais les pages d'un livre ne furent faites en platane. Je dis qu'il y a sans doute une bonne raison à cela.

Tiens, revoilà une rangée. En bordure, les maisons sont jaunasses et défraîchies. Décrépitude ou pittoresque selon les avis. Tous ces villages ont une enseigne Dubonnet peinte sur un mur. Toutes les terrasses de café ont des chaises en plastique. Toutes les écoles primaires communales se ressemblent. La Provence n'est pas la Côte d'Azur, je m'en aperçois. Sur cette route, ça sent le miel.

*

Mon père, c'est le plus fort. Je sais, tous les enfants disent ça. Mais moi, c'est vraiment le plus fort. Ah, la tête des gosses quand ils le voyaient. Mon œil devait en luire. Deux mètres, cent vingt kilos, ça pose le lascar. Ancien seconde ligne. « Le gars, un jour, il se dispute avec sa femme, elle prend sa Dodoche, s'apprête à mettre les bouts, le gars, il arrive devant, soulève la caisse pour qu'elle roule dans le vide. Véridique. Tu vois le colosse dans *James Bond* avec la mâchoire en acier ? Tout pareil, sans les dents. » Dans la cour de récré, ils ne l'ont pas entendue qu'une fois, celle-là.

Dans le même temps, il a hérité des grands leur susceptibilité. Va dire à une armoire à glace qu'elle est plus petite qu'elle ne le prétend... Avec les années, le Babbo s'est tassé. Le double mètre, mon œil, mais personne ne se risquerait à le lui signaler. Ils n'ont que ça pour eux, les géants : crâner. Au quotidien, que ne leur sert cette taille. Respirer dans le métro aux heures de pointe ? Soit. Changer une ampoule sans escabeau ? D'accord. Mais soyons francs : on a beau se moquer des petits, les grands font un peu de peine. Passe encore les pantalons trop courts quand ils s'asseyent. Au niveau du mollet. *Aïe, je prie, zut, j'ai mis des chaussettes blanches.* Passe l'exiguïté pour les jambes dans les cinémas, théâtres, amphithéâtres, restaurants, bars, toilettes publiques, trains, bus, tramways, voitures, avions, Vélib', montagnes russes, voiturettes de golf, jet-skis et motoneiges. Mais, une fois debout, l'albatros baudelairien n'est pas loin, éployé au regard de tous. Le soir venu, sachez-le, le géant ne vous entend plus. Dans une fête, dès que le DJ s'installe, il sait sa mise à mort inévitable. Dès lors, il vous répondra « Oui » avec un grand sourire quand vous l'interrogerez sur le prénom de son épouse ou la destination de ses prochaines vacances. Vous le verrez s'accouder nonchalamment à un mur pour tenter de perdre quelques centimètres. Sa mission : rester cool et dans la conversation.

D'ici quelques heures, le soir approchera, il faudra trouver un lit. Un lit sans barreaux ni à la tête ni aux pieds. Le lit ancien est l'ultime supplice du géant. C'est sans nul doute la raison pour laquelle nos ancêtres étaient petits : ils n'avaient pas la place de grandir en dormant.

Elles, elles n'ont pas ce problème. Nous croisons deux Japonaises habillées en bohémiennes et sac Vuitton ; elles marchent hilares et pieds nus sur le bitume au milieu des champs de lavande. Comme ivres d'être dans une carte postale.

« C'est comme le prospectus de l'agence de voyages ! » imite, rigolard, mon père, d'une voix aiguë asiatisante.

Où sommes-nous ? Dans le Lubéron. Le Babbo trace. J'aurais bien vu, moi, des bourgs aux noms fantasques, mais il ne l'entend pas ainsi. « Allemagne-en-Provence », quand même, ce doit être quelque chose. Je ne peux que me l'imaginer. Wurst et pastis. Peut-être même un camp de nudistes boches.

Pour l'heure, nous traversons ces vagues aux reflets violacés que la lumière pilonne ou chatouille. Au bon vouloir des nuages joufflus. Quelques chardons viennent essaimer dans le même champ lexical. Le mauve a pris le pouvoir.

Bientôt ce sera un paysage de Toscane, grandes bastides, blé et prairies d'herbes folles. Bientôt on verra des coquelicots sur les bas-côtés. La radio crachote. Deux stations se mélangent. Un expert géopolitique lutte avec un vieux tube du groupe Toto.

Oui, c'est bien le Lubéron : partout des randonneurs, comme sortis des ballots de foin. Le nom de ce trou : « Le Gros André ». Ça te fait rire, c'est ton deuxième prénom. Quelques motards à pied musardent dans des ruelles croquignolettes, leur combinaison de cuir sur le dos. Installés devant des chevalets, des vieux en short et en barbiche dessinent. Que croquent-ils ? Pas la vie en tout cas. Ils croquent une nature morte. Ça leur va bien.

Plus loin, des vallons pour maisonnettes de pierre. Plus loin, une base militaire, et, dans un pré, une douzaine d'antennes satellites et radars colossaux pour capter le bruit des étoiles. Des moutons paissent à côté. Roswell-en-Vaucluse.

La voiture agit. Elle joue son rôle. Pas celui de nous faire avancer. Celui de libérer le pouvoir de l'imaginaire. Je découvre sur cette voie une poétique du transport. Une voiture, ce lieu où, mieux que dans tout autre, les sens sollicitent l'esprit. Mille choses roulent par la tête. Ça secoue. Ça cahote. Ça oscille. Le tremblement exalte. Chaque champ traversé est un champ des possibles. Chaque mur longé guette un passe-muraille. Autant de réalités que de regards, de sons, d'odeurs. L'inspiration est à prendre au sens propre, c'est une inhalation.

Là-haut, il me semble distinguer des cimes enneigées. Sous nos roues, plus nous montons, plus se coud un patchwork d'asphaltes. Col du mont Ventoux : OUVERT. On se regarde. Clin d'œil du Babbo.

« Tu en as rêvé ? je lui demande.

– Dans mon rêve, c'est plutôt L'Alpe-d'Huez. Une échappée en solitaire, je glisse, je vole presque. Le speaker qui dit mon nom. Et au réveil, une sensation diluée de joie. Je suis content que ce soit ça, mon rêve récurrent. Et toi, tu en as un ? »

Je n'en ai pas, mais j'aime bien partager le sien. Un Hercule qui se voit pédaler en danseuse. C'est comme un boxeur qui se rêverait ballerine, un tueur à gages qui pleurerait pour Monet.

De l'autre côté de la ligne blanche, des cyclistes descendent en roue libre. À quoi rêvent-ils, eux ? D'être bandits en Russie ?

La Fiat Panda passe en seconde. Allez, Choupette. La végétation disparaît. De notre côté de la chaussée, les cyclistes roulent en surplace. Beaucoup de couples. Toujours madame suit monsieur, le nez dans la selle de son époux. La lumière éblouit le Babbo. Il rabat son pare-soleil. Inutile, ça vient de la route. Ce n'est pas de la neige, c'est du calcaire. Partout dans la montée, des inscriptions au sol encouragent des coureurs espagnols ou belges. Et tous les cent mètres, à la peinture blanche, d'un trait grossier :

HOP

HOP

HOP

D'en haut, on aperçoit la Méditerranée. Enfin, c'est ce que dit le Babbo. À cette heure-ci, on croit surtout la distinguer.

Il faut vite redescendre. Trouver une chambre d'hôte. Un refus. Un deuxième. Ce sera finalement une pension de famille vers Vaison-la-Romaine. Le Babbo et moi nous regardons. « Comment sont les lits ? » Sans fond. Alors c'est bon. Qu'importe les murs en moquette-velours rose. Qu'importe le crépi orange de la salle de bains. Qu'importe si je donne sur la route. Je m'affale. Nous convenons de nous retrouver au restaurant du coin de la rue quinze minutes plus tard.

Bien sûr, il m'attend à la table. On voit qu'il s'embête. Un homme ponctuel est un homme seul. C'est une terrasse de brasserie sans charme sur une place détendue. Le Bar à Thym. Il observe autour de lui. Des cacous passent en 205, avec leur caisson de basse. On a beau dire que ça n'existe pas, ça existe. Les clichés sont des vérités dont on a oublié qu'elles le sont. La pharmacie voisine indique 20 : 04 puis +28 °C. Je m'installe. À notre droite, un couple s'engueule en italien. À notre gauche, un couple se regarde en anglais. Des enfants hollandais découvrent les anchois. Un monsieur demande une pizza sans tomate ni fromage. Sur un bord sont alignés les représentants de commerce, chacun sa table. Ils font semblant d'être très pressés. L'un engloutit son dessert tout en demandant l'addition. L'autre fait mine d'analyser le journal. Ils font bien attention de ne pas regarder le dossier de cette chaise face à eux. Cette chaise vide. De ne pas signifier que cela leur pèse. Qu'ils aimeraient qu'on s'y asseye. Une chaise n'existe que pour s'y asseoir, sinon elle nargue l'abandonné.

Les deux hommes se jettent des regards. Ils se savent miroir l'un de l'autre. Des coups d'œil à la salle aussi pour voir si on les scrute. Mais personne ne s'en soucie. 20 : 17, les Anglais partent en courant. 20 : 18, le serveur court aussi. 20 : 19, les Ritals lèvent le nez et se gondolent.

De quoi se parle-t-on, je ne m'en souviens plus. J'aimerais lui poser des questions, je ne m'en sens pas le courage. Je me persuade que je n'ai pas envie de savoir. Je me souviens de mes jambes croisées, de mes mains dans les cheveux. Gestes de gêne, signes extérieurs de détresse.

Telles des bordées de marins, d'autres cacous font escale par ces lieux. Plus jeunes que les précédents, plus bruyants encore. Deux autres roues leur pousseront peut-être bientôt sous les pattes, ils n'ont pour l'heure que de vieilles mobylettes. Ces demi-matelots ont bu trop de panachés : ils font des roues arrière.

« Et ta chambre, elle te va ? » J'aime quand le Babbo commence ses phrases par « Et » après un long silence. Comme s'il s'était raconté une histoire au-dedans, comme s'il poursuivait avec moi ses réflexions personnelles en m'y invitant d'une conjonction de coordination.

« Moche mais confortable.

– Tu sais, j'ai eu un hôtel, un jour.

– Ah bon ? »

Je fais exprès d'écarquiller les yeux. Je veux marquer mon intérêt.

« Avenue Victor-Hugo, dans le XVIe. Un bel endroit. Un beau projet. Pendant deux ans. Mais ça n'a pas duré.

– Mais tu y faisais quoi ?

– Un peu de tout, la direction, gestion du personnel, marketing, tout ça, avec des associés.

– C'était quand ?

– Il y a longtemps. T'étais petit.

– Comment tu l'avais acheté ? Avec quel fric ?

– C'était il y a longtemps, je t'ai dit. »

Le Babbo s'est refermé. Je ne l'ai pas encore vu.

« C'est marrant, je me rappelle un hôtel, mais pas au même endroit.

– Ça, c'est autre chose. »

Je sais ce dont il s'agit. Mais je veux qu'il me le dise. Un hôtel de passe, tenu par des vieilles dames. Acheté avec un ami sans scrupule. Ils voulaient lancer des travaux mais ils n'y parvinrent pas. Je veux qu'il me raconte comment il a eu cette idée. Comment il s'est décidé à hypothéquer le domaine de sa belle-famille en cachette. Comment il a imité la signature de la Mamma sur les contrats. Comment il pensait mettre « en gage » ce qui ne lui appartenait pas. Comment il lui volait des chèques, en prenant soin de découper le talon. Comment elle devait vérifier les numéros de série quand elle faisait ses comptes. Comment elle protestait. Comment il répondait, furtif. Comment il a trouvé ce vétérinaire de Maisons-Laffitte pour jouer les prêteurs. Comment elle a dû rembourser pendant dix ans. Comment il savait jouer sur les sentiments. Est-ce qu'il croit que ça existe, l'abus de faiblesse amoureuse ? Il se tait.

Nous regagnons nos chambres respectives. Chaleur suffocante. L'orage n'est pas loin. Enfant, je pensais que mettre « en gage » était un jeu. Une petite pénitence. J'avais entendu que mon père y jouait souvent. Comme un morceau de pain tombé dans la fondue. Un gage était une bénédiction. Je rêvais d'ailleurs secrètement de rencontrer ceux de ces tueurs qui en avaient, afin de leur demander pourquoi. Selon moi, s'il ratait sa cible une première fois, un tueur à gages devait ensuite exécuter sa victime à cloche-pied ou en fermant un œil.

Je mets en route le ventilateur au plafond. Blanc avec de grandes pales en osier tressé. Allongé sur le dos, je fixe cette lancée hypnotique. Ça lessive la tête. Le brouhaha mécanique se mêle au passage des voitures. Ça engonce mes idées. Ça les bloque. Je vais pouvoir dormir. La pluie tombe enfin. Comme tout le monde, j'aime l'entendre en m'endormant. Le chant des gouttières. Habitué aux lits trop petits, je m'aperçois que je dors tordu, même quand le lit est long. J'apprends cette nouvelle géographie matelassière, ses plats, ses faux plats, ses dunes et ses frontières. Je me redresse. J'ai les pieds qui dépassent. Un courant d'air passe sous la couette. Je la coince avec les chevilles, façon sac de couchage. La bosse inconfortable m'appuie sur les tendons. L'air s'est rafraîchi. On humecte l'humide. Arrive l'ennemi intime. Le moustique. Celui qui chuchote à l'oreille. Je clappe. Un moustique, c'est pudique ; ces bébêtes-là n'aiment pas qu'on les applaudisse. Mais je clappe dans le vide. Je me crispe. Il va finir par me réveiller complètement. J'opte pour l'oreiller sur la tête. Il me pique sur le bras. J'allume la lumière. Debout sur le lit. La danse du mosquito. Je clappe encore. Il est malin. Il profite de l'appel d'air que crée le mouvement de mes mains pour filer. Je le vois passer, mais les yeux trop engourdis pour faire la mise au point. Je suis prêt à aller dormir dehors. Il y a bien plus d'ennemis aux quatre vents, mais la logique sied peu aux insomnies ; c'est ce micromonstre précis qui me hérisse cette peau qu'il désire pour lui. Qu'il aspire pour lui. Est-ce que je vais taper à la porte du Babbo ? Est-ce que je préfère dormir sous ses ronflements ou martyrisé par l'insecte ? J'opte pour le martyre. Je me rallonge. La lumière attire d'autres moustiques. Je tente de fixer les points noirs au plafond.

D'évaluer le nombre d'adversaires. Le plafond est sale. Je crois que je compte des taches. J'abandonne. J'éteins la lampe. L'un d'eux vient chatouiller mon conduit auditif. Ils sont là, tout près. Je peux les avoir. Bzzz. Je rallume, je clappe. Et d'un ! Trace rouge sur ma paume. Ils sont gorgés de moi, ces bâtards. Mes bâtards. Je tue mon propre sang. Pendant dix minutes, je joue à 1-2-3 soleil. Bzzz. J'allume. Je clappe. J'éteins. D'épuisement, je finis par sombrer.

PANTHÉON I

Depuis qu'il m'en souvienne, j'ai toujours eu un faible pour les losers magnifiques. Pas forcément truands. Ceux qui manquent de chance, qui passent à côté de leur vie pour un rien. Je me fabriquais mon panthéon personnel. J'adorais par exemple l'histoire de *L'Oiseau blanc,* l'avion de Nungesser et Coli, ces deux fous qui décident de traverser l'Atlantique un (pas si beau) jour de mai 1927. Leur biplan n'atteindra jamais New York. Deux semaines plus tard, Lindbergh réussit l'exploit et triomphe. Les deux amis se sont plantés. Une des plus belles histoires françaises.

Tympans et langue

Qu'as-tu fait de ton or ?

Je me lève comme un routier : bronzé d'un seul bras et la tête pleine des vrombissements de la nuit. Les piqûres en plus. Je sors de ma turne. J'ai le regard moiré. Le Babbo sourit.

Nous allons remonter l'Ardèche ce matin. Encore des villages et des vignes. Pont-Saint-Esprit, son pont médiéval, son église près de l'eau. J'm'en fous. Saint-Martin, son pont suspendu, son église près de l'eau. J'm'en fous. Les grottes millénaires. Idem. J'suis dans le flou. Je dis on trace. Le Babbo ne se fait pas prier. Oui, les gorges, pas mal. Mais je m'ennuie de l'immensité, je persévère sur le particulier. Ça tourne dedans comme ça tourne dehors. Virages, rivages, ravins, gorges vaines. Que voulais-je qu'il me dise ?

On quitte vraiment la Provence : les lavandins ne garnissent plus que les ronds-points. Et plus d'olives jalonnant la chaussée. *Où l'olivier renonce, finit la Méditerranée*, disait le poète. Ici, ça sent la vinasse de coopérative. Je jongle avec les noms de caves. Domaine de la Martine. Deux cents mètres plus loin, domaine de la Présidente. Sur la route, il reste quelques affiches de la campagne présidentielle. Et de candidats qui n'en furent pas. Qui se souvient de Nicolas Miguet ? Nous nous faisons doubler dans les lignes droites. Le Babbo n'aime pas ça. Nous nous faisons contrôler par des gendarmes à moto. Tu roules trop lentement. Toi homme viril être vexé. Tu n'en laisses rien paraître. Tu expliques la vétusté de ton engin, tu plaisantes avec l'uniforme. Ça me rappelle des vacances au Mexique. Tu avais glissé un billet aux policiers. Je les vois habillés comme dans *Chips*, le feuilleton. J'avais trouvé ça cool, mais presque banal. Un biffeton, de malfrat à ripoux, quoi de plus normal. De ma vie, je ne t'ai jamais vu avoir peur.

Tu ne veux pas passer par Valence. Je n'insiste pas. Je comprends. Tu proposes un bout d'autoroute. « Tu crois qu'on peut ? – On essaye j'te dis. » Avant le péage, un champ d'éoliennes. Des machines à laver les souvenirs. Ça astique, ça décrasse. Ça broie aussi, et ça fusionne. Les hélices, il dévisse. Aucune envie de revenir au point zéro. Il pense avoir réussi à sublimer sa condition. Il n'a pas vécu bien longtemps dans la Drôme. Ses premières années. C'est en banlieue parisienne qu'il a grandi. Montmorency. La famille y avait été mutée. Père prof d'histoire-géo, mère prof d'anglais. Le père Eugène était un homme rigide. Torrent de morale et sécheresse des sentiments. L'homme avait eu une jeunesse à la Zola, il avait connu la famine enfant, durant la Grande Guerre. Manger dans les poubelles. Lambersart dans le Nord. Orphelin de père. La vie se devait d'être dure. Mélomane accompli, sa progéniture aurait le solfège pour sacerdoce. Comme métronome, les paires de baffes. L'excellence toujours. Eugène cuisinait en bas quand tu faisais tes gammes. À chaque fausse note, le bruit des pas dans l'escalier. La sanction se rapproche. La peur. Par amour, la soumission à l'autorité.

Tu te souviens sans doute de cette rencontre. Cette septuagénaire croisée lors d'un dîner. Vous êtes présentés. « M. ? Comme le prof ? » Tu parais surpris. « Donnez-moi une feuille », te dit-elle. De ses doigts tremblants naissent un à un les États d'Amérique, leurs frontières, leur capitale, le contour des côtes. « Ça, c'est Eugène M., lance-t-elle en te tendant le résultat. J'ai eu tellement la frousse dans mon enfance que, soixante ans plus tard, je peux encore tracer ces cartes à main levée. » L'assistance s'extasie. Tu devrais être fier. Tu ne parais pas l'être.

Le jeune Babbo savait qu'il devrait compter sur la culture pour faire naître une complicité. Je n'ai rien inventé. À dix ans, pour leurs premières vacances étrangères, il visitera une centaine d'églises romaines. Ce sera une affection géographique. La carte routière comme mot d'amour, le plan comme poème. Il apprendra aussi toutes les rues de Paris.

Il vient lui réciter ses leçons dans la cuisine. Se faire mijoter. Il regarde son père l'émincer, le rafraîchir, l'historier, le brider, l'aplatir, le larder, le blanchir, le mortifier, le clarifier, le singer, le pincer, le réduire, le détendre, l'habiller. Peut-être s'apprivoisent-ils à coups d'épices et de saveurs. Chez eux, c'est toujours Eugène qui officie.

Sa mère, Henriette, comme absente. Tu dis : « dans son monde ». Éprise de romantisme, elle a misé sur le mauvais cheval. A-t-elle jamais aimé cet homme froid et beau ? Ses yeux bleu roi. Elle étouffe. Une fois par semaine, elle part faire une promenade à Paris. Suffragette. Elle se maquille comme une tenancière de bordel. Elle retrouve des amies. Elle va au cinéma. Rien ne peut avoir raison du rituel. Fantaisiste, enfant gâtée. Couche-t-elle avec des hommes ? Tu te poses la question.

Longtemps je t'ai rêvé aussi une enfance à la Zola. Mais tu étais d'un milieu petit-bourgeois. Tu regardes ton frère en pensant que c'est le destin qui t'était destiné. Tu dis : « Tout cela est bien sec. » Bondieusard et moralisateur. De ta sœur, tu dis : « C'est la catho la plus protestante que je connaisse. » Tu les expédies d'un mot, comme le font les enfants. Toi, tu veux du panache, de la démesure. Pour Eugène, ces mots sont des insultes. La rue Saint-Guillaume est une échappatoire. Tu fais les devoirs de Mougeotte, chasse la gueuse avec Duhamel. Tu t'en fous. Reviens par le dernier train du soir, la maison dort, installes une nappe vichy dans la cuisine et festoies. En 68, tu participes aux manifs, mais… aux deux manifs. Tu veux le changement, mais tu aimes de Gaulle. Tu tombes amoureux, tu deviens père, tu rates l'ENA « pour un quart de point », tu donnes des cours. Tu auras deux enfants de ce premier mariage. Deux fils. Ce n'est que plus tard que tu doubleras la mise. Deux nouveaux fils. Mon frère et moi. Sur tes jeunes années, tu es volubile. Ton beau-père est le roi du bidet. Un self-made-man qui a réussi dans les sanitaires. Il te cherche, ce con. « M., vous ne serez jamais qu'un prof fils de prof… » Comme ton frère. Comme ta sœur. Susceptibles, les géants, rappelez-vous. Aux chiottes. Tu te lances dans le business. Tu n'es pas fait pour ça.

Qu'as-tu fait de ton or ?

Cinquième dans les descentes, quatrième dans les montées. Collée sur la file de droite, la Fiat crapote et brinquebale. Le bruit nous assourdit. Après les péages, il faut remonter la vitre en moulinets, tout en passant les vitesses. La Panda peste.

« Tu m'aides à enlever mon manteau ? »

Le Babbo a chaud. Faut dire qu'il porte un foulard dans son col de chemise. Et une veste molletonnée bleu marine de marque Cyrillus. Mais moi je sais qu'il vient d'ailleurs. Aucun bècebège ne se cure les ongles avec un porte-mine. T'as vraiment un look de guignol. T'as même pas l'air heureux. Pourtant, mon salaud, j'crois bien que tu l'as été. Dans ton bureau, je l'ai vue, cette photo. Tu roules dans l'herbe avec ton fils aîné. Tu dois avoir trente ans. 1972 ? De longues mèches sur le front. Tu dis halte aux arpèges. Bientôt, tu iras chanter au Raspoutine, Zingaro voudra t'embaucher, tu jazzeras avec Bob Vatel, Claudia Cardinale te glissera son numéro. Quand tu joues du piano, les voisins viennent se plaindre de la radio trop forte. « Ah… si c'est pas la radio, continuez… » Je ne connais pas ce type-là. T'as traversé les décennies à rebrousse-poil. Embourgeoisement, conservatisme. Peut-être les classes sociales se sont-elles aussi nivelées. Tu as aimé les estomper.

Je n'ai réalisé que tardivement la couleur du bulletin de vote parental. Être de droite était une norme. Il m'a longtemps semblé comme une règle établie que les gens de gauche étaient des emmerdeurs. Le président de la République se devait d'être appelé « Mit'rand ». Lors de ses allocutions télévisées, il était de bon ton de souligner en famille sa ressemblance avec un rat. Je n'avais aucune culture politique. J'ai longtemps pensé que le goulag était une soupe hongroise à base de paprika.

Tout bascula l'année de mes huit ans. Je me pris d'une folle admiration pour une femme dont les traits, pourtant, me faisaient un peu peur. Ouais, Édith Cresson. Et bien que la rumeur voulût qu'elle ne raconte « que des salades », je suivais goulûment ses interventions. Son statut de femme Premier ministre m'était bien égal. La vraie raison m'était personnelle, et presque féerique. Mon père avait cru bon de glisser lors d'un dîner une expression pleine de mystère : « Pour arriver où elle est, en voilà une qui a dû passer sous la table ! » Qu'une dame de son âge y parvienne, je trouvais cette prouesse insolite, et, pour tout dire, franchement exceptionnelle. Qu'était-elle donc allée faire sous cette table ? Il me parut inconvenant sur l'instant de poser la question. Quoi qu'il en fût, je me l'imaginai dès lors en espiègle aventurière, construisant de fabuleuses cabanes sous son bureau. Les gens de gauche avaient su garder leur âme d'enfant, ils gagneraient mon vote. C'est ainsi que je devins socialiste, entouré de ternes bourgeois réactionnaires. Ma décision était prise.

Il me fallait dès lors faire correspondre ma nouvelle identité politique à mon mode de vie. Rayon arts et lettres, je priserais les vedettes dites populaires, chères à mes compagnons de lutte. Il fut décidé que j'aimerais Johnny avec ferveur. Drôle de choix, je vous l'accorde, et contre-exemple parfait. Mais je l'ignorais. Me vint naturellement la passion des Harley-Davidson. Mes parents accompagnaient, sans vraiment comprendre ce goût original chez un enfant du XVIe. Avec une bienveillante sollicitude. Ils m'offraient de jolies cartes postales de bikers et m'encourageaient à grimper sur les modèles garés sur le trottoir quand nous en rencontrions. Hélas, ce penchant pris fin de manière inattendue. Un jour que nous nous rendions chez des amis de la famille, mes bras vinrent à me démanger. Je fus soudain pris d'une violente crise d'urticaire géante. D'imposantes plaques rouges recouvrirent bientôt l'ensemble de mon corps, des cloques purulentes déformèrent mon visage. Je fus déshabillé dans le salon de nos hôtes en toute hâte, aspergé de Friction de Foucaud par la maîtresse de maison, nu dans une bassine, et vigoureusement frotté. Jusqu'à extinction des symptômes éruptifs. La crise se renouvela à plusieurs reprises dans les jours suivants. L'enquête révéla que j'étais allergique à cet étrange gel douche que je m'étais acheté avec mon argent de poche. Un produit dont l'usage m'était jalousement réservé. Un produit fabriqué en Chine, au doux nom de « Retiens la nuit » et qui comportait sur l'emballage un autographe sérigraphié de mon idole. C'en était trop. J'avais consenti à être un homme du peuple, mais cette souveraine humiliation était indigne de mon combat. La dermatologie avait eu raison de mon engagement militant.

On s'arrête à une station-service. Le Babbo fait le plein, achète *Le Figaro*. Je me marre. J'le lui pique, faut bien s'occuper. *Le nouveau ministre français des Affaires étrangères effectuera dès le 7 juin une tournée de visites officielles en Afrique*. C'est Bernard Kouchner, un gars qui a dû voir lui aussi quelqu'un passer sous la table pour changer ainsi de bord politique. Si la Russie fut un coup d'essai, l'Afrique sera ton coup de maître. Le continent de tes exploits. Madagascar, Côte-d'Ivoire, Bénin. Fait d'armes sur fait d'armes. Terre à défricher de ses marchés indigènes. Explorateur de business vierge.

Devenir entrepreneur, mais pas un petit. Il faut de l'illimité, du grandiose.

Que fais-tu sur le tarmac de Tananarive dans ce bermuda kaki ? Tu viens chercher ta tribu. Ils vont pouvoir admirer ton succès. Tu roules en 4×4. Direction ta villa, qu'occupe aussi ton sbire. Ton homme de main. Que faites-vous ici ? Ton fils de dix ans croit comprendre qu'il est question d'apporter l'eau courante au sud du pays. Le Babbo se voit en seigneur de Mada. Et philanthrope. En passant près d'un terrain vague, il dit à son fils qu'il va bientôt financer l'équipe de foot du quartier. Le gosse est fier de son père et rêve déjà de découvrir le futur George Weah. Ce qui frappe le plus l'enfant, c'est la pelouse de ta propriété. Verte. Sur le chemin, en venant de l'aéroport, il n'a vu que de la terre partout. Rouge ténèbres. L'enfant en conclut qu'il faudra faire jouer les rencontres dans le jardin.

La famille est accueillie par les employés de maison. Ils sont quatre. Ils sourient énormément. L'enfant se demande s'ils sont très contents ou s'ils ont très peur. Un des messieurs est chargé d'ouvrir et de fermer le portail de la propriété. C'est son unique mission. Un vassal, un homme lige.

La Mamma, fraîchement arrivée, leur offre à tous des uniformes. Des shorts de sport et des polos unis Fruit of the Loom. L'enfant se rappelle qu'il a eu les mêmes récemment en guise de pyjama. Les employés sourient toujours.

Le sbire ressemble à Klaus Kinski. L'enfant constatera bientôt que Klaus Kinski regarde *Questions pour un champion* sur TV5 tous les soirs. Klaus Kinski est un mercenaire en mal d'attaches. Un pied-tendre gueule burinée. Le sourcil torve. La voix de rhum. Il parle mal à la vieille femme de ménage désormais déguisée en footballeuse. Il se donne une contenance de négrier. L'enfant l'imagine assez bien en méchant dans *La Case de l'oncle Tom*. Le sbire dit toujours « Tana » en abrégeant ; l'enfant rigole, il connaissait la connotation du mot « expat' » et paraît satisfait d'avoir débusqué un beau spécimen tout seul.

L'enfant ne se souvient pas vraiment de ce séjour. Seulement une impression noyée. Le Babbo et son sbire sont assis dans des fauteuils sur la terrasse. Il y a un lac au bout du terrain. De l'autre côté, sur la rive, la clameur d'une ville. Un peuple fourmillant. Ici, quelqu'un a mis un disque. C'est du Barbara. Un concert tardif. L'enfant reconnaît, elle chante très mal. Ça le fait glousser. L'enfant n'écoute pas les paroles. Le Babbo et son sbire si.

J'ai eu tort, je suis revenue,
Dans cette ville au loin perdue

Où j'avais passé mon enfance.
J'ai eu tort, j'ai voulu revoir
Le coteau où glisse le soir,
Bleu et gris, ombre de silence.
[...]
J'ai mis mon dos nu à l'écorce,
L'arbre m'a redonné des forces,
Tout comme au temps de mon enfance,
Et longtemps j'ai fermé les yeux.
Je crois que j'ai prié un peu,
Je retrouvais mon innocence.
[...]
Hélas.
Il ne faut jamais revenir,
Au temps caché des souvenirs,
Du temps béni de son enfance,
Car parmi tous les souvenirs,
Ceux de l'enfance sont les pires,
Ceux de l'enfance nous déchirent.

Les deux hommes reprennent leur conversation dès les dernières notes envolées. Comme si de rien n'était. Ils se sont mutuellement surpris en pleine mélancolie. On se serait cru dans *Fitzcarraldo.* Un piano en pleine jungle. Beauté moderne, beauté sauvage.

Il plane ici l'impression sournoise d'un projet irréel dont seuls les porteurs croient percevoir l'issue. Une adduction d'eau géante, des milliers de kilomètres de canalisations. Y avait-il un barrage aussi ? L'enfant le croyait. Ce n'était pas le cas. Le seul vrai barrage était au principe de réalité. Le fantasme de l'Architecte suprême, du Grand Ordonnateur. Le rêve démesuré de faire revivre un peuple. La tentation démiurgique. Et l'espoir toujours déçu, toujours renouvelé. Le mythe de Sisyphe à nouveau incarné.

Qu'as-tu fait de ton or ?

Klaus Kinski se lève bientôt, il se dirige vers la chaîne hi-fi, coupe les vocalises engorgées et met la radio. La France est loin pour lui, il avait presque oublié que c'était soirée électorale. Premier tour d'une présidentielle quand même. Lionel Jospin est arrivé en tête. Chirac est un naze, il ne passera jamais. La fracture sociale, vue de Madagascar, tu parles d'un concept. Et puis, des pommes, on n'en mange pas ici : en cette saison, il n'y en a pas.

La Mamma, elle, fait mine de ne pas se soucier du résultat. Elle calcule secrètement son emploi du temps. C'est bon, elle sera rentrée pour le second tour.

Le Babbo semble s'en foutre. Il ne vote pas. Privé de ses droits civiques. L'enfant ignore pour quelle raison. Mais cela va bien au teint d'escroc qu'il lui voit porter. S'il en ressent une fierté diffuse, le gosse évite néanmoins d'en parler à ses camarades de classe. Trop compliqué à expliquer.

Crainte de voir ce père déformé par leurs mots. Il préfère le glisser hors de portée d'un sot ou d'un méchant, ce qui est souvent la même chose. Crainte de susciter les questions ; l'enfant sait qu'il n'y pourrait pas répondre. Il n'en aurait d'ailleurs pas envie. Les autres voudraient du rationnel, lui souhaite garnir son imaginaire.

Arrivé au collège, il faudrait aussi passer l'épreuve des fiches. Les petits bristols à remplir en début d'année : nom, prénom, âge, adresse, profession des parents. La terreur des premières fois. Perplexité s'abîme. Il décida au fil des années de laisser libre cours à la rêverie. Si le terme l'effleura à plusieurs reprises, il se refusa d'accoler en face de « père » le titre de « bandit ». Le Babbo fut tour à tour « professeur », « écrivain », « sans emploi », « P-DG », « musicien », « cuisinier »... En vieillissant, le gosse opta pour le pratique « consultant » et sa variante « consultant en Afrique », afin de susciter l'admiration de son voisin de table et la possible compassion du professeur en cas de mauvaise note. Il le voyait déjà surligner au Stabilo cette précieuse information, révélateur certain – dirait le petit Dolto illustré – d'un trouble non répréhensible. Il avait hérité du pouvoir de dramatiser sa biographie.

Je ne mentais pas de beaucoup. Combien de métiers avais-tu exercés ? Sous quelles formes te réinventais-tu ? Envoyais-tu des CV ? Dans des heures lucides ? Où ? Qu'y faisais-tu valoir ? Allais-tu t'exposer aux regards de salles d'attente qui se jaugent ? Des agences pour l'emploi ? Je t'ai su représentant en sanitaires, décorateur de salles de bains, éditeur pour enfants, éditeur de livres ashkénazes, professeur particulier de français. Free-lance aussi dans le traitement de déchets et l'épuration d'eau. Le traitement des déchets, c'est crédible. Rappelez-vous *Gomorra*, *Les Soprano*, ou Loulou Nicollin.

Le Babbo écoute la radio. Il fredonne la mélodie note par note depuis une heure. C'est donc du Bach. Eugène adorait. Majesté de l'ascèse. Je m'attendris intérieurement. Je me repense gamin : comment aurions-nous pu nous comprendre ? Comment Jean-Sébastien eût-il pu kiffer Ace of Base ? Mais tu es rusé malgré toi. Tu nous as réconciliés sans le savoir. Un soir, tu me proposes de t'accompagner à ta chorale. Le chœur de l'Orchestre Colonne. Les vieux disent que c'est un must. Va pour ma BA. Nous nous garons sous un pont, près de la porte de Clichy. Il fait noir. Il fait froid, ce doit être l'hiver. De hautes grilles anonymes. Nous entrons. Il y a de la gadoue. De grands entrepôts inquiétés. Sur l'un d'eux, un écriteau : « Locaux techniques de l'Opéra de Paris ». Je suis ébloui. Au sens propre. Je plisse les yeux. Nous venons de pénétrer une immense salle de répétition raidie de toute cette lumière. Il fait chaud, ce doit être la surprise. Sur trois des faces, des boiseries. La quatrième est un miroir. Tu me dis de me faire petit. C'est déjà comme ça que je me sens. Je trouve un piano à queue dans sa housse, rangé près d'un coin. Je me recroqueville dessous. Mes bras entourent mes jambes contre ma poitrine. Le menton sur les genoux. Il n'y aura pas de musiciens, rien que de l'*a cappella*. Je suis déçu. Les chanteurs arrivent. Ils se saluent par des cordialités, mais on les voit sérieux. Faire de la musique dans ce temple me semble tout à coup empreint de gravité. Je commence à percevoir le cérémoniel de l'instant.

Mon père va rejoindre sa place sur une large estrade en haut à droite, avec les basses. Il me lance un regard de temps en temps, mais ne semble pas parler de moi à ses collègues ; il ne me montre pas du doigt. C'est peut-être la première fois que je le vois fébrile. Seul parmi deux ou trois centaines de personnes. Au milieu de professionnels, lui aussi se fait petit. Un chérubin entouré de satrapes.

Le chef arrive. Je l'aperçois de dos. Il dit quelques mots en anglais que je ne comprends pas. La lumière dans le cube semble s'être tamisée d'elle-même. Quatre coups rapides sur le pupitre pour orchestrer le calme.

Les bras se dressent brusquement. Pouce et index joints. Est-ce le cube qui se renverse ou ma tête ? Les harmonies me percent les tympans. Ma poitrine est lourde. Mais du fond de ma cachette, je ne veux pas briser ce sort divin. Je n'ose pas bouger d'une note. Une litanie qui pique entre les épaules. Le frisson. Ce n'est pas une cérémonie qui se joue devant moi, c'est un rite chamanique. Je n'ai jamais entendu parler d'Anton Bruckner. J'ignore ce qu'est un motet. Je ne connais pas un mot de latin. Mais ces « *Os justi* » répétés me fêlent. Les noires ne cessent de me craqueler. Puis les blanches pointées se liquéfient et s'immiscent. Ça s'infiltre en moi. Ça ruisselle. Quatre minutes quarante et une secondes plus tard, le calme, à nouveau. À mes yeux, la lumière a définitivement quitté le cube. Le recueillement sans doute. Bientôt, les célébrants se dégourdissent les chevilles, remuent la nuque de droite à gauche, toussotent à gorge feutrée. Je suis presque étonné qu'ils sachent faire du « bruit ». Quatre coups sur le pupitre, à nouveau. J'ai treize ans, je pleure pour la première fois pour un *Ave Maria*.

Nous rentrerons complices cette nuit-là, sans avoir à converser. En retraversant dans l'obscurité les entrepôts et la gadoue, nous nous laisserons gagner par l'ivresse du silence.

Je te laisserai Bach. Chacun sa relation père-fils. Mais je me passionnerai pour Brahms. Tu fais traîner des disques sur ton bureau pour que je te vole. Tu fais semblant de ne pas t'en apercevoir. Tu sais que tu ne reverras jamais les *Sonates pour violoncelle et piano*. Je repenserai souvent à cette soirée. Des années plus tard, un de tes jours de vague à l'âme, je t'abandonnerai sur ce même bureau un très vieil *Ave Maria No Morro* brésilien. Pour que tu pleures toi aussi.

Madagascar ne marcha pas. Bien sûr. Aux enfants, il ne disait rien. La Mamma le faisait, en cachette. Souhaitait-il qu'elle le fasse ? Le faisait-elle malgré lui ? Jusqu'à son arrivée sur l'île, des Japonais avaient mis en place un réseau de camions destinés à apporter l'eau dans le Sud. Le projet du Babbo, financé par un groupe allemand, prévoyait de remplacer ce système sommaire. Mais chaque nuit, les tuyaux étaient volés. Il fallut sécuriser, à grands frais. Sans résultat. Les Allemands abandonnèrent. Le Babbo décida de continuer tout seul, durant un an ou deux. En pure perte. Avec son sbire, payé à surveiller. Mais Klaus Kinski n'était pas un lampiste. Il détourna l'argent, et put sans doute s'offrir bien des disques de Barbara.

Ce pays-là aussi était vicié, corrompu dans sa chair. Je me souviens de notre arrivée. La Mamma avait apporté des valises de jouets éducatifs pour l'école du quartier. Mon père trouva l'idée excellente et voulut en tirer profit diplomatiquement.

« On ne va pas les distribuer nous-mêmes. C'est le député qui va le faire. » Les valises colorées lui furent donc transmises. Trois jours plus tard, nous visitions le marché de Tananarive. Sur un étal se trouvaient en bonne place nos alphabets parlants et autres ardoises magiques.

Je me souviens des dîners chez des ministres très accueillants. Tous ces caciques réunis. Un bel aréopage. Je me souviens qu'ils proposaient d'offrir à ma mère des colliers de pierres précieuses. Ils devaient se réjouir de déguster du pigeon français.

S'était-il fait avoir ? Encore ? Donnait-il sa confiance trop vite ? Trop complètement ? Et son argent aussi ? Canaille idéaliste ou raté débonnaire ?

Le Babbo ne péchait pas par ingénuité. Naïf ? Peut-être. Candide ? Sûrement pas. Il connaissait les lois du genre. Il savait comme nul autre faire enregistrer des sociétés au Luxembourg. Il avait simplement érigé le désir pur en mode d'action professionnelle. Les paradis fiscaux comme paradis artificiels, fabulation volatile d'un aigrefin pas mauvais bougre. Une vie de rêves. Réalisait-il les scènes qu'il nous donnait à voir ? Que se donnait-il à penser en partant embobiner ses fils pour quelques centaines de francs ? Se voyait-il vraiment ainsi, à secouer sa sébile ?

Qu'espérait-il à demander à son gosse de treize ans le montant de ses économies ?

Qu'as-tu fait de ton or ?

Le Babbo se croyait homme de réseaux. On lui donnait des tapes dans le dos. Des tapes dans le dos, le couteau à la main. Il aimait à glisser qu'il avait été franc-maçon. Davantage encore, il aimait à glisser qu'il avait claqué la porte du temple : selon lui, son propre cercle avait plus d'entregent. Rue Cadet, il avait aimé les « planches », ces longues dissertations présentées en loge. Il y avait haï le « branlage de nouille » qui s'ensuivait, selon ses propres mots. À ce secret révélé, son fils avait appris certains codes de la confrérie pour pouvoir faire partie de celle qui lui importait, la loge intime, la bande du Babbo. Il avait lu quelque part : *« Il pleut » : employé par les francs-maçons pour prévenir que des profanes se trouvent parmi eux.* Durant quelques semaines, le Babbo dut penser que sa progéniture se rêvait en Miss Météo, tant le gamin l'informait avec zèle de la moindre goutte au ciel de Paris.

Je me souviens d'un après-midi. De son appel. « Tu es seul à la maison ? Bon. Ne t'inquiète pas. Des messieurs vont peut-être venir tambouriner à la porte. Tu ne leur ouvres pas. Tu n'ouvres qu'à mon ami Marco. Il va passer. Tu te souviens de lui ? Bien. Sous ton lit, il y a une mallette. Tu ne l'ouvres pas. Tu la lui donnes. Tu ne préviens pas Maman. C'est entre nous, d'accord ? » Je raccroche. Je vais dans ma chambre, je trouve l'attaché-case. Bien sûr, je l'ouvre. Le code : 0000. Je suis apeuré. Je suis excité. Tout autant que contrarié. Désabusée combinaison pour un larron haut de gamme, un filou de génie. Ne pas même avoir changé les chiffres... À l'intérieur, j'aperçois des feuilles blanches très fines enduites d'une poudre grisâtre. On dirait du papier à billets. Qu'était-ce réellement ? Je referme. Je m'en suis mis sur les doigts. J'ai peur que cela ne parte pas. Je me rappelle m'être dit que l'argent sale, en fait, était de l'argent vraiment sale. Les messieurs ne vinrent pas. Le Marco si. Je lui transmis le colis d'une œillade acolyte qu'il ne dut pas saisir. Je faisais partie de la combine. Je jouais le caïd. J'étais surtout soulagé qu'il se présente avant les autres. Le soir même, le Babbo me glissait un « Ça va ? » en aparté de la Mamma. En guise de réponse, un regard noir. Lui, l'air de rien. Il n'était pas faux-monnayeur. Il avait dû dépanner un copain. Trouver une planque. Service pour service. Je me rappelle m'être demandé qui, de Marco ou de lui, aurait subi les foudres des méchants si ma mission avait échoué ? Je me rappelle que je connaissais la réponse. Je le regardai dîner. Je me rappelle m'être dit qu'il avait le physique de Tapie et Depardieu. Un peu crapule, un peu acteur. Et qu'il faisait pitié.

Nous quittons l'autoroute. Sur notre droite, une femme fait du ski nautique sur la Saône au milieu des usines. Comme lui. Du slalom. Slalom de l'improbable.

De la Côte-d'Ivoire, le Babbo se plaisait à n'en conter que les épisodes les plus tropicaux lorsqu'il revenait de périple. Ses rencontres. Papa Nouveau. Chef spirituel et politique de la région de Toukouzou, à l'ouest d'Abidjan. Quatre-vingt-dix-sept ans. Père de trente-trois enfants. Sur ses terres, on le connaît comme le « prophète ». Dans les années trente, cet illettré commence à proclamer son message divin. Il ne parle que son dialecte natal. Le prêcheur dit recevoir des instructions du Très-Haut. Un message de paix et de libération des hommes qui ne plaît pas aux colons. Ils craignent qu'il n'appelle à la révolte. Pour avoir prédit qu'un jour, Noirs et Blancs mangeraient à la même table, il est envoyé en prison. Mais le mage cultive ses réseaux et se rapproche d'Houphouët-Boigny, qui le protégera toujours. Charlatan ou non, « Sa Sainteté Papa Nouveau » est écoutée et maintient l'ordre dans sa région. Il fonde sa propre capitale, la cité de Hozalem. Sa grande Église. Trois mille fidèles s'y entassent tous les dimanches. Ses fils partent étudier en France ou au Canada, avant de revenir pérenniser les œuvres du père. Pas un des candidats à une présidence ivoirienne ne pourra échapper à une visite au « prophète ». Tout passe par lui. Le Babbo est fasciné par le personnage. Papa Nouveau le reçoit comme un roi. Mieux, comme un fils.

Nous faisons halte dans le Beaujolais. Nous cherchons un gîte. Dans un village loin de la route, nous tapons à une porte. Le lieu-dit s'appelle « Le Paradis ». On entend une femme qui crie : « Jean-Jacques ! Jean-Claude ! Silence ! » Elle nous ouvre. Oui, elle a des chambres. Elle est désolée, l'établissement vient d'ouvrir et n'est pas complètement fini. Nous sommes ses premiers clients. Elle s'appelle Rose Cœurdacier. Si j'écrivais un roman, ce serait un beau patronyme. « C'est votre vrai nom ? – Oui », murmure-t-elle, presque en s'excusant. Elle s'excuse beaucoup. Surtout pour Jean-Jacques et Jean-Claude, ses deux rottweilers. Gentils.

Ses yeux sont aussi bleus que ses cheveux sont blancs. Elle va sur la soixantaine. Elle voudrait se fondre dans ses murs. Pas de photos, pas de famille. Où sont ses amours parvenues ? Elle semble vivre seule ici. Elle semble se faire violence d'accueillir des étrangers. Des gens, juste des gens. À chaque mot, ses os se cassent. J'ai mal de lui parler. Alors je lui souris. Elle aussi, moins par mimétisme que par amour. Oui, par amour. Aux commissures de ses lèvres se dit ce qu'elle ne pourra dire. Sommes-nous plus que des clients ? Peut-être une bouée au réel. Je voudrais tout savoir de Rose Cœurdacier. Le pourquoi de son absence au monde. Le comment de sa grisaille. Quels échos sa vie trouverait-elle en moi ? Quels échos ma vie trouverait-elle en elle ?

Le gîte est écolo, tout en bois. Une grande bibliothèque dans l'entrée. Le Babbo s'y attarde, il ne peut s'en empêcher. Il considérera Rose avec respect. Ma chambre donne sur les vignes. J'ai un grand lit et des coussins, une douche en galets qui sent le neuf. J'ouvre une porte. Une minuscule piscine de quatre mètres sur trois dans une immense salle carrelée. Un bouton permet de nager à contre-courant. En surplace. Je repense aux grimpeurs du mont Ventoux. Près de la piscine, un piano droit. Aux murs, des croûtes à la Kandinsky. Je me sèche vite.

Nous allons dîner dans le bourg. Nous passons devant le snack « Beaujolais Halal ». L'association nous fait poiler. Nous avançons. Un groupe de gars discute sur le pas d'une porte. Quand on passe, tout le monde se tait. Fruste fresque. Nous trouvons un petit boui-boui. À la carte, une seule entrée, un seul plat. Terrine et quenelles. Nous sommes les seuls dans le restaurant. Une ambiance de hors saison. Nous rentrons vite.

Tandis que je me mets au lit, j'entends des notes. Elles viennent de la piscine et de son piano droit. Si mi, si ré dièse, si ré, si do dièse, si la sol fa dièse sol la. Elles rebondissent sur les dalles carrées. Une bonne descente chromatique comme une bonne descente de gin. Toujours ce même air qu'il joue les nuits de brouillard privé. La mélodie me fait penser à l'introduction de *La vie d'artiste* de Ferré. On a tous une chanson qui nous fout le cafard. Lui, il préfère Brel, cette couille molle avec ses bonbons et ses perles de pluie. Quoi, excessif ? La lucidité se tient dans mon froc.

À l'époque de Papa Nouveau, le Babbo souhaitait aménager à l'ouest d'Abidjan la lagune du Grand-Lahou. Routes, infrastructures. Tout le monde touchait son enveloppe. Le président en personne prenait la sienne. Pour le payer, on promit à mon père du cacao. Caquetages. Le Babbo fut K-O. Alors on lui promit de l'huile de palme. L'un des fils de Papa Nouveau voulait justement se lancer. Le Babbo lui finance son usine. Mais les machines tombent en panne. Pannes en séries illimitées. Comment dit-on « l'Arlésienne » en ivoirien ? Alors, on lui promet de l'or. De l'or brut à faire transiter en France pour le fondre. En arrosant au passage des intermédiaires à Amsterdam.

Le convoi part, puis ne part plus, puis part, puis ne part plus. La fille du garant est malade, il doit revenir. Il reprend l'avion. Non, son passeport est bizarrement périmé. Tu dis : « C'est à l'africaine. » Je ne distingue pas si c'est par fatalisme ou rassurement. Pourquoi tombes-tu dans ces embuscades, dans ces chausse-trapes ? Tu aimes le mot « chausse-trape ». Cet or existait-il ? Qui profitait de la combine ?

Zélateurs patentés, zélotes de l'inaction.

Qui était cet Ivoirien que tu avais installé dans une chambre de bonne au rez-de-chaussée de notre immeuble ? Nous le croisions sans rien savoir. Lui baissait les yeux. Il venait te rencontrer dans le salon lorsque la Mamma n'était pas encore rentrée du travail. La cinquantaine chétive. Costumes étriqués. À peine connaissions-nous son prénom : Benjamin. Tu subtilisais à ta femme de quoi payer son loyer, et un peu d'argent de poche. Pendant deux ou trois ans.

Qu'as-tu fait de ton or ? Pas celui d'Afrique. Celui qui te courait entre les mains.

Panthéon II

Dans ma mythologie personnelle, mon héros favori était américain. Mon « *personal Jesus* », dirait Depeche Mode. Son nom ne vous dira rien : Ira Jefferson Beers Jr, alias « Jack ». Où avais-je entendu son histoire ? Je ne saurais le dire aujourd'hui. Mais le tout ferait un film épatant. Jack naît en 1923 au Parkland Hospital de Dallas. Enfant unique élevé par une mère divorcée, jeunesse misérable dans le sillage de la Grande Dépression. À l'armée, il découvre la photographie et décide d'en faire son métier. Il est embauché au *Times Herald*, puis, deux ans plus tard, au *Morning News*. Perfectionniste, esclave du détail, il a coutume de dire : « La chance est le produit d'une bonne préparation. » Jack travaille au Mamiyaflex, lentille de 65 mm. À l'ancienne. Il se fait remarquer pour ses portraits d'actualité. Une femme en pleurs, étendue sur un brancard, une bible à la main. Kyle Rote, star du foot US, grimaçant de bonheur après un touchdown. Jack aime surtout les faits divers. Il côtoie flics et bandits.

Ce 24 novembre 1963, Jack, comme à son habitude, est en avance. Deux jours plus tôt, Kennedy est mort. Ici, à Dallas. Ambiance électrique. Le meurtrier doit être conduit au commissariat central. Par l'entrée du sous-sol. La foule commence à affluer. Badauds, journalistes, officiels. Jack a de la bouteille : il grimpe sur une balustrade dans la pente du parking. Il fait bien, voilà qu'arrive Bob, son concurrent direct. Bob Jackson, c'est le photographe du *Times Herald*, l'ancien employeur de Jack. Bob est un petit con talentueux. Même pas trente ans. C'est le fils du secrétaire général de la Dallas Federal Savings and Loan. Un gosse de riche passionné d'automobiles. Sa place au *Times Herald*, c'est du piston. Un ami de papa est rédacteur en chef. Mais le gamin n'a rien de l'imposteur. Y a pas à dire, c'est un bon. Son truc, c'est le Nikon S3, grand angle, 35 mm. Matériel de zazou, pense sûrement Jack.

Ce matin-là pourtant, Bob n'en mène pas large. Il a raté la photo de sa vie. Pire, la photo du siècle. L'avant-veille, il était sur cette putain d'avenue où JFK s'est fait flinguer. D'instinct, il s'est retourné vers l'immeuble du premier coup de feu. Là, le Texas School Book Depository, au 6e étage, fenêtre de droite. Il a vu la silhouette tirer les deux coups suivants. Il a saisi son appareil. *Damn !* Il réalise qu'il a shooté le dernier cliché de la pellicule juste avant de tourner dans Houston Street. Pas le temps de recharger, pas le temps d'attraper son second boîtier. Depuis, il se traîne comme un idiot.

Neuf heures sonnent au loin. La foule grossit. D'autres photographes se ramènent. On aperçoit Frank Johnston, de United Press International. Mais, pour sûr, Jack est le mieux placé. On poireaute, et pas qu'un peu. Le journaliste du *Times Herald* va voir son gars, Bob. « Écoute, gamin, qu'il lui dit, le transfert va mettre des plombes. Laisse tomber. La rédac vient d'envoyer quelqu'un avec son appareil pour cueillir le gus à son arrivée à la prison. Ça fera l'affaire. Ils veulent que t'ailles au Parkland Hospital. Nellie Connally donne une conf de presse. C'est la première fois qu'elle parle depuis que son gouverneur de mari a été blessé près de JFK. Allez, on ne peut pas rater ça, c'est la grosse actu du jour. » Mais Bob vient d'attendre deux heures ici, pas question de se barrer. Il refuse.

11 : 21. Flanqué de deux inspecteurs, Lee Harvey Oswald arrive. Jack racontera plus tard : « Tout s'est passé très vite. Du coin de mon œil droit, je vois un mouvement brusque et un type sortir du rang. Ma première impression, c'est qu'un photographe veut jouer des coudes. Puis le juron : "*You son of a bitch*", ponctué par un tir. Le juron avait été lancé d'une voix si peu naturelle... et si excitée... Avant même qu'il ait fini sa phrase, je savais que quelqu'un avait pété un plomb et s'en était pris à Oswald. »

Jack déclenche son appareil dès qu'il ressent ce mouvement, car ce type va lui cacher la sortie du meurtrier de Kennedy. Bob fait de même à ses pieds, un peu sur sa gauche. Il n'a ni l'expérience ni la dextérité de Jack. Il appuie six dixièmes de seconde plus tard. Un cliché unique chacun. Impossible de mitrailler. Recharger le flash prend cinq secondes. Une éternité.

Panique dans l'assistance. Jack reconnaît le tireur. Il s'appelle Jack Ruby, patron de plusieurs boîtes de strip. Il a même photographié certaines de ses filles quelques années plus tôt.

Bob et Jack s'éclipsent. Ils foncent vers leurs rédactions respectives. Aucun d'eux ne sait ce qu'il a sur sa pellicule. Bob pense qu'il s'est loupé. Jack, lui, file droit à la chambre noire. Son superviseur le rejoint. Un œil au négatif : « Mon Dieu ! Tu viens de nous gagner le Pulitzer ! »

Le lendemain matin, le cliché fait la une du *Morning News*. Jack triomphe sur toute la page.

À quarante ans, il atteint la consécration. Pour lui le prix suprême qu'il espère depuis toujours. Associated Press rachète immédiatement l'image. Revendue, elle va faire le tour du monde. À la rédaction, tous félicitent Jack. Personne ne se soucie de la parution du *Times Herald*, le journal du soir. Personne ne sait qu'Associated Press et United Press ont aussi acheté le cliché de Bob Jackson, mais que le jeune photographe a imposé un embargo sur le Texas.

En fin d'après-midi, l'effet de surprise est total. Les lecteurs découvrent ça :

La comparaison est cruelle. Chez Jack, Oswald semble neutre, vaguement maussade, presque indifférent. De même les officiers qui l'entourent et n'ont pas encore vu Ruby. Chez Bob, l'assassin voit son corps envahi par la balle, il s'effondre de douleur, tandis qu'au front des policiers se grave une expression de pure tension.

Jack est anéanti. Il comprend immédiatement que le Pulitzer ne sera pas pour lui. Sur huit colonnes s'étale l'image amère de sa propre déchéance. Bob a été le premier surpris par cette apparition surréelle sous le révélateur chimique.

Les jaloux concluent immédiatement que le jeunot n'a fait qu'appuyer par réflexe, en réponse au flash de Jack. Impossible. Le film d'actualité tourné ce jour-là le prouve. Imaginez ce que représentent six dixièmes de seconde. Bob a réagi au même mouvement de foule sur la droite. Mais il était un peu plus à gauche et a donc été moins rapide.

« *Just dumbass luck*[1] », diront certains. Sûr.

Bob remportera le Pulitzer et plusieurs dizaines de milliers de dollars. *Life*, *Saturday Evening Post* et bien d'autres s'arracheront le cliché. Le magazine *Time* le classera dans le top 10 des meilleures photographies de presse de l'histoire.

Le temps a passé. Ruby, le tireur, est mort en 1967 d'une embolie pulmonaire. Au Parkland Hospital. Là où Jack était né. Là où Kennedy était mort.

Bob poursuivit sa carrière. Une galerie de Los Angeles lui fit même réaliser plusieurs retirages du négatif original. Des clichés numérotés. Hors de prix. Elton John achètera le n° 7.

Aidé d'un graphiste, Bob réalisa aussi des détournements « rock'n'roll » de son œuvre. 3 000 dollars pièce.

1. « Un pot de cocu, c'est tout. »

Bob Jackson coule aujourd'hui des jours heureux dans sa propriété de Manitou Springs, Colorado. Dans son garage, trois Jaguar, cinq Porsche et une Lotus.

Et Jack ? Qu'advint-il de lui ? Il devint dépressif, irascible. Dans les années qui suivirent le Pulitzer, raconte un témoin, quand Bob et Jack se rencontraient sur un reportage, l'atmosphère devenait étrange. Ces deux hommes que tout séparait étaient reliés par un fil invisible. Avant, ils s'ignoraient. Après, ils éprouvaient une sorte d'irrespect mutuel.

Jack mourut en 1975 d'un accident cardiaque. Il avait cinquante et un ans. On lui en donnait facilement vingt de plus. La légende veut qu'aux derniers instants, il répéta inlassablement : « *I was there. I was prepared. But I didn't get it*[1]. »

« Tu connais Jack Beers ?
– Quoi ? répond le Babbo.
– Non, rien, laisse tomber. »

1. « J'y étais. J'étais prêt. Mais je ne l'ai pas eu. »

Un sexe. Un cœur

Il pleut. La Fiat fait la grimace, elle n'est pas du matin. Elle se demande à quoi rime ce voyage. Ce n'était pas la quête qu'elle avait espérée. Ce n'était pas la révélation qui devait la faire grandir. Tricheuses tribulations. Alors à quoi bon ? N'eût-il pas mieux valu garder le cœur sibyllin ?

Elle avance au pas. Parfois au petit trot. Elle essuie-glace mais pas le spleen. Temps maussade sur des vallées maussades. Des sapins et des hêtres. Des sous-bois touffus de fougères languides. Partout des charolaises. Quelques affiches annoncent la fête de la Musique à Chauffailles, avec des guitaristes chevelus qui doivent avoir été élevés au grand air du Morvan.

Nous sommes partis sans croiser Rose, ses deux chiens et ses amours perdues. Une voisine nous a dit qu'elle s'était rendue tôt au village.

Nous avons laissé quelques billets sur le guéridon du séjour. Discrète, elle s'était effacée. La fleur triste n'a pas éclos.

Je n'ai guère potassé la carte. Nous sommes un peu égarés. Le Babbo s'agace. Un panneau nous soumet un choix fiévreux. À ma gauche, Saint-Bonnet-le-Troncy, Claveisolles et Poule-les-Écharmeaux. À ma droite, Pey, Le Magot et Saint-Nizier-d'Azergues. Ses traits se détendent. Il me fait un clin d'œil. Je dis d'accord. Va pour Le Magot. La tentation est trop forte. Et l'intérêt du lieu restreint. Mais le Babbo s'arrête, ouvre sa portière, se penche, met une main au sol, se redresse, redémarre. Et conclut en riant : « J'aurai senti ce que ça fait... » De toucher le magot.

Il est content de son mot. Ça me va. Ça donne du baume au tigre. Je me mets à fredonner un air improvisé au rythme des balais sur le pare-brise. Tchak-tchak... tchak-tchak... tchak-tchak... Le Babbo est d'une humeur d'histrion. Le voilà parti dans un scat à la Dee Dee. Au rythme du relief. Tantôt saccade, tantôt susurre. Esclave en haut, en bas clownesque. Sur des kilomètres, la route rebondit mais toujours en ligne droite. La D985 se la joue *road 66*. Ainsi va la voie jusqu'à Paray-le-Monial. Je n'ai pas envie de m'arrêter. Mais le Babbo veut visiter. On découvre la cité clunisienne : ses abords attrayants, ses pavillons marqués du phénix, ses HLM, sa foire aux pneus et sa basilique. Sur le bord de la chaussée, un moine marche, bâton à la main. Robe blanche, cape marron, sandales. Quelle congrégation ? Il doit s'en venir de cette basilique. À l'intérieur, j'apprends que les habitants de cette ville s'appellent les Cacous. Bizarrement, en ces lieux, il n'y en a pas. La grosse église en jette, bien que sobre. Le narthex est bondé. C'est du latin. Des années durant, on a beau s'être fait catéchier, on nargue l'assemblée de posséder le nom d'une entrée paroissiale. Ça grouille. Groupe de touristes, grappe de fidèles. Le Babbo s'assied sur un banc, dans le fond. Il ne prie pas, il observe. Il se laisse pénétrer du lieu. De la nef au transept. Il s'imprègne. Son corps expie pour lui.

Il ne demande rien. Il n'a pas ce culot. Il le connaît, son Brel : *C'est trop facile d'entrer aux églises / De déverser toute sa saleté / Face au curé qui dans la lumière grise / Ferme les yeux pour mieux nous pardonner.*

Moi je déambule en terrain familier. Ressortissant catholique perdu en brousse mystique, retrouvant son ambassade entre deux périlleuses excursions. Machinalement, j'ai ôté ma casquette en entrant. Je me suis signé sans y penser. L'agnostique garde l'esprit de piété. Je joue à débusquer les apôtres dans les tableaux. Ma foi partie, le savoir demeure. Je peux me dédouaner de Dieu puisque je le connais. Est-ce pour me rassurer que je le fais ? Je le défie aussi longtemps qu'il me pardonne. Car un retour hors de la Raison m'est encore possible. Un retour à la métaphysique céleste. Si je le souhaite, un passeport pour l'au-delà. Je peux redevenir un bon chrétien.

Est-ce qu'il se dit ça, le vioque ? Sur ce banc, Dieu ou le hasard vient cacheter son visage d'une teinte rosacée. Une lueur de vitrail. Une seconde d'illumination que nul ne perçoit. Les bigots bagotent. Sainte Marguerite-Marie maraude.

Il a le teint poupon. Le voilà renaître par la grâce d'un éclat lumineux. Il oublie ses arcanes.

En tout cas, ça lui a donné faim. Au restaurant, il hésite sur l'aspic en gelée. Et se demande ce qu'est une volaille démarrée. Pour digérer, nous écoutons religieusement la cassette du *Vienna Concert* de Keith Jarrett. Celui où le pianiste chante les notes au début puis « hou » et « ha ». On l'entend faire. Comme s'il courait après ses mains. Durant ces quelques minutes, il me semble que le Babbo et moi nous sentons repus de notre entièreté, assouvis de nous-mêmes. Il me semble que nous sommes des êtres pleins, enfin en harmonie. Sans savoir pourquoi, je crois que nous sonnons en accord. Ça paraît simple et sonore entre nous, fluide et suave. Ça paraît subtil entre nous. Et puis ça passe au croisement de deux routes. Les croches s'égrappent, la satiété s'estompe.

Je somnole. Les moutons sont rentrés, alors je compte les étables. Métonymie du sommeil. Au réveil, je me dis que cette sale météo colle bien à l'endroit. Nous débouchons sur Montceau-les-Mines, Le Creusot. Je me dis que cette goutte sur la vitre doit être dégoûtée. Elle a parcouru des milliers de kilomètres, aspirée par les vents, aspirant à découvrir le monde. Elle a parcouru des milliers de possibilités. Dans son nuage, elle s'est imaginée tomber sur des contrées vanillées. Et pan… Le Creusot.

Ici les logis ouvriers côtoient quelques demeures bourgeoises. Maîtres et valets. Mes parents auraient pu se rencontrer là. La fille du patron, le fils de l'instituteur. Il l'a eue sa bourgeoise. Il avait divorcé pour pouvoir l'épouser. Le Babbo la vouvoyait. Elle tutoyait tout le monde. Sauf la gouvernante. Et lui. Signe de respect. Peut-être marquaient-ils ainsi sans le vouloir leur écart de condition. Qui était-elle ? Une Parisienne rive droite-rive gauche. Une Marie-Chantal qui aurait pris 68 dans la tronche. Une de celles qui n'auraient jamais emprunté le métro avant leurs cinquante ans. Une de celles qui prendraient leur bain un verre de rosé à la main. Une dame de la haute mais sans chichis, mondaine et affectueuse. La Mamma avait ses expressions d'un autre temps qui la rendaient unique. « J'ai une de ces pépies ! » « Je me suis coiffée avec un fer à cheval. » Son lexique se devait aussi d'être extravagant et magnanime. Les jeunes filles étaient alternativement des « puces », des « bichettes » et des « choupinettes », toutes « jolies comme un cœur ». Et pour agrémenter son vocabulaire, des mots de sa composition. Comme « futifu », employé à tout crin. Va donc le trouver dans le dico.

La Mamma voulait rester jeune. Interdiction de la désigner comme « ma mère », il fallait dire « ma maman ». De même s'habillait-elle toujours de tailleurs en couleur et de bijoux esbroufissants. Le soir, dans mon lit, j'attendais son baiser. Et le bruit de ses pas, ses pas de bracelets.

La Mamma avait horreur du vide. Bouger toujours. Parler avec. Elle envisageait le silence comme un point d'orgue au malaise, le ressentait souvent comme une marque de mépris. La plénitude devait passer par l'échange. Se taire, c'était mourir un peu. Alors, par crainte, discourir. La Mamma chantonnait sans cesse et sans s'en rendre compte. En voiture, dans la rue, et même en réunion. Un fredonnement, une ligne mélodique indéfinie, une ritournelle de l'inconscient. Bouche close, avec le nez. Aubade du quotidien.

Mieux, incantation à Thanatos pour la laisser en paix. Parade orphique pour échapper au diable.

Elle avait érigé le festivisme en mode de vie. La Mamma n'était jamais plus elle-même que dans ces longues soirées organisées avec amis et volupté. Il fallait être en compagnie de l'autre jusqu'à l'outrance, faire traîner le plaisir, les yeux mi-clos en tirant une bouffée. Les conversations ressassées, les odeurs de Gitanes et de sémousta, la liqueur maison. Et pour finir, quelques raisins à l'eau-de-vie.

Autour d'elle gravitaient ses amis felliniens. Il y avait Judy. Une Américaine qui voulait qu'on l'appelât Giuditta pour ses origines italiennes. New-yorkaise aux faux airs de Jane Fonda. Soixante-dix ans. Expatriée dans une *sun city* de Floride. Smokeuse de marijuana. Et bonne sœur défroquée. Oui, défroquée. Orpheline d'une riche famille, elle avait vécu sa jeunesse dans un couvent. Rentrée dans les ordres moins par vocation que par reconnaissance. Les sœurs l'avaient élevée. Elle avait été envoyée en France à dix-huit ans pour devenir institutrice dans un pensionnat de jeunes filles à Béziers. Moins par vocation que par devoir. D'expérience de l'enseignement, aucune. Sur ses élèves, elle n'avait d'avance que quelques mois de vieillesse, et un cours tout au plus. Elle s'en était émancipée à l'âge de trente-cinq ans. Pour courir le monde et les hommes. La Mamma et elle partageaient une même énergie romanesque, un même allant magnétique, une ineffable joie de paraître.

Il y avait aussi Daphné, princesse d'une des plus grandes familles d'Europe. Cousine de rois. Et sans un sou. Foutraque, snob, généreuse, en un mot : attachante. J'aimais l'apprêt naturel de ses manières. Sa classe chromosomique. Je me rappelle qu'il lui fallait se trouver un métier quand elle passait à la télévision. Je n'ai jamais compris pourquoi lui coller les apparences de la modernité. Même à la fin du XXe siècle, les nobles avaient bien le droit d'être oisifs. Si ce n'est le devoir. Je ne concevais pas qu'une princesse veuille se la jouer Mme Tout-le-monde. Pourquoi s'obstiner à embrasser la carrière de nous autres, grenouilles ? Ma mère entretenait à travers elle une fascination toute bourgeoise pour cette caste désuète. L'aristocratie relevait à ses yeux d'une forme d'élégance par nul autre atteignable. Le goût et le raffinement étaient son apanage. Elle laisserait donc à Daphné le soin de décorer elle-même nos appartements successifs.

Il y avait aussi Bernard, ancien play-boy entré dans une secte sans que mes parents le sachent. Je me souviens d'avoir passé un été dans sa propriété. Ses condisciples se promenaient près d'une piscine en string, crâne rasé et catogan. Je me souviens qu'ils dessinaient en cercle dans le parc. Ils dessinaient des flammes autour d'un buisson ardent. Je me souviens de m'être évanoui après un coup de chaud. À mon réveil, une dame faisait des cercles et des divinations au-dessus de moi. Je me souviens que le fils de Bernard avait une otite. Je me souviens que sa maman le soignait pareil, avec des cercles et des divinations. Je me souviens que Bernard est resté un ami de la famille.

Il y avait aussi des parachutistes adeptes du saut en champ de vignes, de ses anciens amants devenus gays, des Arméno-Chiliens exilés à Paris, des profs de fac en jupe fendue, et des smalas d'enfants.

La Mamma avait toujours une histoire de sa jeunesse à raconter. Comment elle avait suivi un obscur groupe folk dans une tournée continentale, mi-groupie mi-roadie. Comment elle avait soigné des Indiens Mapuches (prononcez « Mapoutché ») le long de la cordillère des Andes avec des religieuses en 2 CV et collerette.

Elle avait élaboré un art minutieux de la séduction. Elle savait y faire. Elle savait mettre en scène son corps. Planter son regard, livrer son sourire. Donner des intentions à sa gestuelle. Offrir ses mots aussi. En garder d'autres en réserve pour plus tard. Une amabilité délicieusement artificielle, un culte de la superficialité spirituelle, une convivialité naturellement sophistiquée. Elle avait une façon unique de prendre son interlocuteur, de lui laisser croire à la finesse des propos qu'il lançait. La conversation pouvait être doucereuse à mourir : lui en sortirait ravi, tout revigoré de son propre charisme.

Malgré tout, il était clair pour moi qu'elle faisait peur aux hommes par son rayonnement. Elle en imposait. De son mètre cinquante-neuf. Sucrée comme une enfant, salée comme une femme. La Mamma avait le charme vénéneux.

Le Babbo l'admirait. Cette femme au format poche. Pour cette timidité qui lui faisait défaut, à elle. Pour son bagout. Peut-être se disait-il qu'elle aurait fait une parfaite complice.

Surtout, elle y était arrivée, elle s'était épanouie dans son projet de vie. Elle était parvenue à être ce qu'il avait toujours désiré : quelqu'un. Elle s'était résolue à laisser de côté les grandes aventures. Elle avait acquis l'entendement. Elle aimait les enfants et les enfants l'aimaient ; elle en avait fait son métier. Désormais, elle officiait en grande prêtresse du marketing pour bambins. Suppôt du capitalisme, disaient ses adversaires. Chantre de la modernité, répondaient les autres. Avait-elle vendu ses idéaux ? Quels idéaux ? Le désir de l'enfant se devait d'être écouté. Certes, il n'était pas un consommateur comme un autre, mais il était un consommateur. Un être d'innocence ? Balivernes. L'enfant s'inscrit lui aussi dans l'achat raisonné. Elle le sentait. L'enfant est très tôt sensibilisé aux prix, à l'équilibre alimentaire et aux méfaits débilitants de la publicité. Il s'agissait donc de jouer serré. Le pédo-marketing était un art hybride. Il avait emprunté à l'universitaire ses récentes découvertes analytiques pour les intégrer à une démarche commerciale. La sociologie et la pédiatrie au service des théories du marché. Adam Smith n'en eût même pas rêvé. Le pédo-marketing misait sur le « pouvoir d'embêter ». Ou comment faire réclamer aux enfants un produit à leurs parents. Le pédo-marketing distinguait différentes formes de harcèlement possibles. Le harcèlement de « persévérance », une demande répétée encore et encore. Mieux, le harcèlement d'« importance », bien plus efficace. L'art subtil de faire appel au désir qu'ont les parents d'offrir ce qu'il y a de mieux à leurs descendants. Un art de la culpabilisation, celle de ne pas passer suffisamment de temps avec ses mouflets. Durant des décennies, la Mamma avait élaboré une théorie des besoins, fondée sur une connaissance profonde des aspirations émotives et sociales des enfants, selon leur développement mois après mois. Elle avait multiplié les études sociologiques sur leurs comportements, leurs créations artistiques, leurs mondes imaginaires, et même leurs rêves. Pour les clients de la Mamma, l'enjeu était essentiel, car les trois quarts des marques découvertes avant l'âge de quinze ans restent les favorites des adultes. Elle l'avait bien compris.

Les mioches de notre génération lui furent ainsi redevables des Maîtres de l'univers, des Malabar bi-goût ou du Coca citron. Dans les livres d'histoire, quelques révolutions postmodernes aussi : le rebaptême de Raider en Twix, et surtout l'exil de Groquik au profit de l'infâme lapin Quicky.

Il me semblait que le Babbo était devenu escroc par amour. Lui montrer sa bravoure et son ardeur. Il était demeuré escroc par orgueil. Ne pas lui montrer ses fiascos et sa fatuité. Elle avait appris à feindre. Mais les délits supposés s'étaient superposés. Le Babbo avait un rapport funeste à l'argent. Le sien, celui des autres, l'acquérir, le dépenser, jamais le garder. Les liasses sont vaporeuses. Lui était le genre de type sans portefeuille. Billets dans une poche de pantalon, menue monnaie qui clinque dans l'autre.

La Mamma m'expliquait souvent que les bons comptes faisaient les bons amis. J'en déduisais que le Babbo n'en devait pas avoir. Il s'en foutait. « J'atteins aujourd'hui les dix millions de francs de dettes, se bombait-il devant mon oncle en riant. J'offre le champagne ! »

La Mamma avait fini par l'infantiliser. Un enfant de plus à charge. Elle était l'autorité. Les miettes qu'il ramassait, personne ne les aurait mangées. La vérité est qu'il nous faisait un peu de peine, à mes frères et à moi. Lui tentait de se tisser une aura, et de la soigner. « Allons, mes enfants », disait-il souvent de sa grosse voix, englobant d'un mot ma mère et nous. Cela suintait le paternalisme toc. Nul n'était dupe.

Ils avaient fini par instituer une violence psychologique réciproque. Lui et ses colères. Ses phrases dures. Son impuissance à se réaliser et à se faire respecter en sa qualité d'homme. Ils se frappaient à coups de mots. En algarades quotidiennes. Souvenirs d'une enfance bercée par les douces allitérations : « Chéri(e), vous me faites chier. » La soudaineté et le naturel de ces disputes avaient établi que les marmots n'y pourraient pas échapper. Il devint donc un fait établi qu'ils en seraient partie prenante. Rien ne servait d'agencer un huis clos dans la chambre à coucher. Les rages du Babbo duraient des heures. Il se mettait en cuisine pour déverser ses brûlures et son ressentiment. Seul. Il parlait seul. Correction : il vociférait seul. Cela impressionnait ses fils. Il brisait des objets pour ne pas la briser. Il s'enfermait dans ses propres arguments, tentant de se persuader lui-même du bien-fondé de ses inavouables méfaits. Elle, croyant bien faire, revenait lui tourner autour, le piquer comme une guêpe, le piquer dans son amour-propre, le faire parler, lui faire percevoir l'irrationalité de ses travers. Il ne voulait pas parler. Il voulait crier pour crier. Il se sentait incompris et il n'avait pas tort.

Était-ce un matin ? Il était là, mon frère. À genoux dans le couloir. Ce couloir blanc de notre appartement. Il peignait quelque chose. Non, il repeignait quelque chose. Dans le silence et dans l'urgence. Il repeignait les affres de son père. Avant qu'elle ne les voie. Ces mots inscrits au feutre noir sur les murs. Il repeignait au Tipp-Ex. D'une rage qui l'emporte en affliction, les dents serrées, les yeux rougis d'impuissance. On lisait bien, pourtant : SALOPE.

Le Babbo jalousait le succès de sa femme, tout en voulant laisser croire qu'il déprisait son fric. Qu'attendait-il vraiment ? L'argent ou la reconnaissance ? L'incommunicabilité s'était érigée en mode de vie. Lui, le lendemain, offrait des fleurs et de longues lettres, souvent enamourées, toujours culpabilisantes. Il se lamentait d'être émasculé. Mais il était cet amant castré qui demande à l'être. Elle l'aurait suivi n'importe où, et il le savait. En jouait-il ? Passer pour la victime lui laissait du temps. Le délai de la compassion. Il pourrait se refaire si l'on croyait en lui. Était-ce une fuite en avant ? Espérait-il encore l'impressionner après lui avoir volé sa fortune ?

Certainement. Et elle l'aurait été sincèrement. Elle n'attendait rien d'autre que de l'admirer. Elle répondait à son chantage affectif par une blanche preuve d'amour.

Mais elle avait fini par se lasser. Ses fils aussi. J'avais ainsi décidé de lire un bout des *Misérables* à chaque engueulade maritale. Je finis le premier tome en à peine trois jours. Il était l'homme intelligent le plus bête qu'on ait jamais connu.

De son côté, le Babbo ne la supportait plus. Lui et sa main pataude, pâteuse. Cette tape lente sur l'épaule pour la réveiller le matin. Pas une claque rustre. Il appuie, comme pour l'enfoncer dans le matelas. Il sait qu'il la fait souffrir par fierté. Et il souffre de faire souffrir. La rage d'avoir tort et de le savoir. Certains jours, il s'en balance. Il voudrait réclamer le droit à l'égoïsme. Le droit de n'aspirer qu'à ses songes de gloire. Gloriole. Et, s'il le faut, le droit de se laisser entraîner dans une chute sans fin. *Glory hole*. Le droit de ne pas se soucier des conséquences. Le droit de rester un gosse. Elle l'irrite, elle le hérisse. Les petits riens du quotidien, ceux qui agressent quand les jours décatissent. Comme un klaxon après une gueule de bois. Le front qui frise, les yeux qui plissent, les dents qui serrent. Le cliquetis de son stylo à bille dès qu'elle travaille. Son retard chronique comme une distinction. « Les gens d'intérêt se doivent d'être attendus. » Son tic d'avancer les montres pour se croire en avance. Sa façon de conduire aussi. Sans ceinture, mais le bras droit tendu devant son passager quand ça freine soudainement. Son excentricité distinguée. En un mot, sa folie douce.

Sans doute le vrai sens était-il ailleurs. Il la haïssait pour la même raison qu'il la glorifiait : elle était heureuse de vivre, heureuse de le montrer. Ma mère était la personne la plus généreuse qu'il m'ait été donné de rencontrer. Don de l'avoir : elle signait prêts et cautions à chacun. Elle disait : « Si je t'aime, ce qui est à moi est à toi. » Mais jamais l'inverse n'était vrai. Don de l'être surtout : ma mère, c'était de ces coups de fil passés chaque soir, quoi qu'il advienne, à l'une de ses « vieilles », amie de la famille ou cousine au troisième degré. Ma mère, c'était ces petits mots cachés dans les bagages lorsque nous partions loin, dans la trousse de toilette ou les caleçons. Ma mère, c'était un signe de croix sur le front avant de m'endormir. Réconforter la réconfortait.

Ma mère était un être d'empathie. L'année de mes six ans, une nuit que je ne dormais pas, je me levai pour jouer dans le salon. C'est là que je l'aperçus. Sa silhouette, debout sur la terrasse, fixant le ciel. Elle était nue, il faisait froid, nous étions en hiver. Je sus dans l'instant la raison de cette brutale expiation. Je les avais entendus discuter, elle et le Babbo. Ma tante et mon oncle étaient portés disparus. Partis en randonnée dans le Vercors, ils n'avaient plus donné signe de vie depuis près de quatre jours. La Mamma ne trouvait pas la paix sous les couvertures. Elle voulait vivre ce que vivait sa sœur. Endurer pour espérer. Communier avec elle de toute son impuissance à la faire revenir. Étrange sacrifice qu'elle s'infligeait nuit après nuit. La lune l'éclairait, les mains sur ses bras, spectre charnel. Sa douleur, elle se l'imposait dans le secret du crépuscule. Le lendemain, l'absence prit fin, le couple retrouva la civilisation. Qu'avait-elle promis à Dieu pour qu'il en soit ainsi ?

Le Babbo n'y pouvait rien faire. C'était trop pour lui. Il ne respirait plus. Il voyait bien qu'elle le cassait. De son horripilante bonté, son altruisme tout gonflé, son hypertrophie du don. Son dévouement asséné.

Lui n'y arrivait plus.

Je n'ai pas regardé le Morvan. Ai-je dormi ? Le Babbo a grise mine. Nous sommes en pleine Bourgogne. Où ? La Mer. Oui, La Mer. Un village. On y scrute l'horizon dans le vain espoir de comprendre son nom. On le fait d'instinct, on sait que c'est con. Pas d'horizon. Pas âme qui vive, ni même qui meure. Maisons inodores car inoccupées. C'est l'Atlantide. De cette civilisation enfouie ne restent que des vestiges. Une station-service désaffectée. « Chez Johnny ». Les pompes demeurent, les pots sans fleurs aussi. Une réclame « Suze-Gentiane », de l'affichiste Rémy, peinte sur un mur en brique. Mais La Mer est aussi plat que le calme dans la tempête. Je sens les vagues venir. Bourrasque sous-jacente. Tu veux mettre les voiles. Tu as soif. Quand t'es rembruni, tu as soif. Tu veux du vin. Pas de bière. Question de culture. On trouve une supérette. Une bouteille de listel gris. Comme toujours. Ça rassure de connaître son arme. Pas une piquette, pas un grand cru. Une drogue ordinaire. Une sensation fugace de plaisir. Tu verses lentement dans le gobelet. Tu ne gardes pas le liquide en bouche. Tu ne sens la rasade qu'une fois le gosier passé. Je connais ce regard. Celui qui dit : « T'inquiète pas, c'est juste un verre pour me désaltérer. » Je connais tout le présentoir de tes regards gorgés.

Celui des bouffées d'après-midi, quand je rentre de l'école quand tu rentres de nulle part. Quand j'ouvre la porte des parents pour regarder les sitcoms, que tu es couché, nu, rideaux tirés, sous la couverture. Pas une sieste, pas le repos du guerrier. Déréliction de l'irréel. Arsène Lupin ne peut s'affaler. Relève-toi. La torpeur quand tu te remédies au crépuscule pour préparer le repas et faire illusion auprès de la Mamma.

Le regard de l'homme ivre qui sait qu'il l'est, et veut se faire décent. Il bouge la tête plus vite que les yeux. Ses iris ne suivent pas.

Celui des soirs où rien ne te tient. Où l'on voudrait décrypter ces sourires délavés, lèvres fermées, paupières tombantes. Ces soirs-là, on ne donne plus dans l'illusion. Ces soirs-là, les autres croient en vous pour vous. Tu nous donnes à voir tes tourments sans nous les donner à comprendre. Tes échecs, ton honneur arasé. Regard hagard, vitreux vitrail. Le pas traînant, les mains lourdes posées sur ma tête blonde, comme on caresse un petit animal. Tes paluches, ces battoirs. Toute l'immensité d'une lasse tendresse.

Le Babbo ne traînait pas dans les bars. Il achetait son alcool, et buvait seul. Il se cachait pour se diluer. Croupir dans ses gouttes. Passer des semaines saumâtres. Noyer ses contradictions dans des courants contraires. Lui, ce pote de Jésus-Christ et de Johnnie Walker.

Parfois rejoignait-il seulement deux ou trois compagnons d'écluse. Ses desperados. Ses chasseurs de déprime. Il aimait les repaires d'espions. J'aimais qu'il les aime, lui l'espion qui m'aimait. Peut-être les conviait-il au Harry's Bar. Il y avait quelque habitude, dans tous les pays qu'il fréquentait, Harry's Bar New York ou Venise.

Fourniou, son avocat, accro au porno et au goulot. Portrait-robot : entre Guy Montagné et Gargamel. Taille : 1 m 60. Âge : indéterminé. Signe particulier : allure chafouine.

Amigo-Bûcheron, fana de tabac et de calva. Portrait-robot : entre Gérard Darmon et Henri Emmanuelli. Taille : 1 m 80. Âge : plus vieux que la réalité. Signe particulier : voix de mêlé-casse.

Nous ne les fréquentions jamais. Ils étaient des noms prononcés, tout au plus des ombres recueillies çà et là ; nous les croisions parfois. Je leur serrais la main, comme le font les enfants, le bras flageolant et les doigts mous. Comme on consent à saluer, à regret, du bout de soi. Ils faisaient simplement cohabiter leurs solitudes. L'ivresse se propage vite mais ne se communique pas. On ne partage pas ses terrains minés. Parcours du combattu. Quand on en parle, on s'expose à l'indifférence, une fusée sans écho. Ou à une compassion de lèvres. Chacun prenait son couloir et avançait de degré en degré. Ils évitaient de se heurter. Les lendemains, ils se parlaient sans s'en parler. Ils étaient complices, mais complices d'un même mal. Nous les laissions à leurs jeux ; spiritueux aspirés sans esprit.

Il fallut accepter que le bonheur se glisse d'instants éthyliques en comas idylliques. Le bonheur la boule au ventre. Le sentiment d'un perpétuel sursis. Avec ses années. 1994 : cru calme. 1997 : cru décrié.

Nous arrivons à Avallon. Je suis content de m'y arrêter. J'ai demandé l'étape. J'ai beau savoir qu'il n'y a rien à espérer de plus qu'une homonymie avec l'île du roi Arthur, j'ai demandé l'étape. Nous avons franchi La Mer, nous pouvons trouver en récompense le repos insulaire. Derrière la vitre, je guette un indice. Le forgeron d'Excalibur ou le logis de la fée Morgane.

Un hôtel repéré. Un hôtel vulnérable. Deux étoiles. Nous en faisons le siège. Le hall est minuscule. Le logeur va nous trouver de quoi. Il prend les clients les uns après les autres. On attend notre tour. On est dans le passage, on s'excuse de se faire bousculer. Nos membres se raidissent. Pardon... pardon... Je dis « Hop là ! » chaque fois que quelqu'un me frôle d'une contorsion. Pour me donner une contenance.

Je n'ai pas compris. Je ne sais s'il ne reste qu'une seule chambre ou si le Babbo n'en a demandé qu'une. Veut-il que je paie la nuit ? Il prendra le grand lit, moi celui d'appoint.

Nous dînerons ici même, dans ce rez-de-chaussée de tables en Formica. À gauche, un vieux couple amoureux aux augustes baisers. Ça me débecte, et toi ? À droite, une nuée de filles. Mon âge. Ça me rebecte, et toi ? Elles sirotent et parlent fort de garçons aux prénoms populaires. On écoute. Elles s'en viennent du Pays basque. Sans accent pourtant. Je glisse : « Il y a de l'impudeur à se raconter, non ? » Tu souris.

Elles sont quatre, j'en distingue trois. La peau mordorée. J'aime déjà celle que je ne vois pas. J'aime cette fille à chignon. J'aime sa nuque, ce comptoir de l'imagination. Toutes les femmes sont belles de dos, et tous les hommes les vénèrent. La nuque, c'est l'amour des possibles. J'aime ce divulgué secret, cet intime aperçu. La rondeur de son teint. J'aime la nuque qui se tend quand la tête se recueille, les yeux pointés au sol. J'aime la nuque qui donne son moelleux quand la tête rit aux éclats, les yeux pointés au ciel. J'aime la douceur du duvet. Mon amoureuse pose sa main dessus, signe de fatigue. Elle se frotte ou se caresse. Puis soudain remonte ses doigts dans les cheveux, les phalanges délicatement écartées. Avant de redescendre. Les ongles font crisser le cuir. Massage à message. Elle tombe de sommeil. Si elle se lève pour aller se coucher, je détournerai le regard. Ne pas croiser le sien. Garder son absolu en mémoire. Ne pas la restreindre à son propre visage. Ce soir, elle est chaque femme pour moi.

Je la sens gracieuse et fragile. Presque gracile. Elle ne parle pas beaucoup. D'une voix muette. Bientôt, elle enlève un chandail. Son tee-shirt laisse découvrir une citation imprimée entre les deux omoplates.

Ce qui a été compris n'existe plus.

Paul Éluard, j'en suis certain. Pas besoin de faire jouer le Babbo. Je désire la tension que fait naître en moi cette phrase. La poésie de cet instant. Dans d'autres circonstances, j'aurais abordé cette muse apparue. J'aurais chéri cet être capital et douloureux. Mais le Babbo est là. Et ma timidité de même. Non, je ne peux y aller, je ne peux m'y résoudre. J'aurais sabordé leurs appas amusés. Je ne pourrais imposer à leurs cillements tranchés ma grande carcasse, simiesque et dégingandée. Je n'ai jamais conquis ces troupes d'Amazones. Ces hordes heureuses. Jamais su éclairer de ma prose frivole ces filles dont les feux ne brûlent qu'à l'alcool.

On nous apporte nos plats. Des steaks tartares. Ça me fait rire. Nous sommes des bêtes dépeçant une charogne et guettant la femelle. La viande crue, un mets de mâles. Je pense au sexe des aliments. Je m'en suis toujours fait une idée aussi précise que subjective. La viande, mâle donc. Le poisson, femelle. Les légumes aussi. Notamment la courgette. L'exception : le champignon, assurément mâle. Les fruits, femelle. Sauf la banane. Le poivre, mâle. Le sucre, femelle. Le chocolat aussi. Les sucres lents, mâle. Le vin blanc, femelle. Le vin rouge, mâle.

Et lui devant moi, je l'avais oublié. Avec son embouteillage de bouteilles. Je ne tiens plus de compte. Avant, si. Comme font les enfants. Le sérieux des enfants. Leur peur du pinard.

Il fait une plaisanterie à la serveuse. Qui rit de bonne grâce. Le Babbo a le charme de l'ébriété, le charme des grands vices. Ceux qui entretiennent l'envoûtement d'apparat chez celui qu'ils rongent de l'intérieur.

Que retiendra-t-il de ce moment ? Nous partageons une même réalité, mais nous n'en conservons qu'une immarcescible impression personnelle. Inaltérable subjectivité. Peut-être se remémorera-t-il cette soirée par la tendreté de la viande, la chaleur de l'endroit, l'apaisant tête-à-tête avec son benjamin ? Quoi, tête-à-tête ! Pour moi, face-à-face. Il ne saura rien de mes pérégrinations intérieures, de ce long chemin digressif, des sauts de mouton de ma cervelle bêlante. Béante. De mes envies d'amour.

Où est passée ma galante éluardienne ? Ma Gala euskarienne ? Je ne l'ai pas vue partir. Je l'abhorre de s'être dérobée. Quand on révère une inconnue, le désir est toujours si près du dégoût. Le poitrail si près de la gorge. Le cœur si près de l'estomac. Bander ou cracher. Aimer ou vomir.

Dans notre chambre commune, je fais semblant de m'endormir. Lui bouquine. Il note des trucs. Je ne redoute rien plus que la liqueur confidente. La confidence liquoreuse. Celle qui prend au piège, entre deux portes. Celle des aveux qu'on voulût non avoués. Celle de ma douzième année. Le remords d'un avortement passé. La date de sa dernière baise, des mois auparavant, et son manque exhibé. Le vide qui s'ensuivit. Elle baisait donc avec lui, ma mère. Traîtresse. Elle avait pactisé avec l'ennemi. Celui qui la faisait souffrir. Me faisait souffrir. Moi qui aurais tué ce père pour elle. La délivrer de ses chimères ardentes. Se refusait-elle désormais à lui, il était bien trop tard. Et lui qui se promenait nu, partout, façon post-68, dévoilant à mes yeux d'enfant l'instrument de sa victoire.

Son sexe monstrueux. Réformé à l'armée pour gigantisme, pour ne pas complexer les conscrits. On devait leur faire croire qu'ils en avaient dans le pantalon pour défendre la patrie. Le Babbo aurait démobilisé les troupes. Le Babbo était une insulte aux standards, une dérogation non consentie aux règles. Pas une tête qui dépasse, pas une bite non plus. Ses attributs lui évitèrent de jouer les bidasses : une queue contre une quille perpétuelle. Cela dut lui plaire de niquer la Grande Muette.

Je n'étais pas une de ces pouilles. Pas complexé. Je tenais l'engin pour une difformité. Je m'étais bien surpris à vérifier dans le Guinness Book si ces mensurations devaient me faire pâlir. Heureusement, les rédacteurs avaient pris soin de n'y mentionner que les records volumiques de certaines protubérances mammaires. Nulle mention du masculin, pas de comparaison possible. Ce ne devait pas être si extraordinaire. Mon honneur était sauf, il me suffirait d'attendre quelques années pour arborer ces mêmes emblèmes génétiques. Et ainsi faire taire son anatomique arrogance.

À dire vrai, une seule chose me chagrinait : j'avais mal pour la Mamma. Elle s'offrait à cette bête, elle, cette poupée infime. L'imaginer décousue des assauts de plaisir d'un tailleur bourricot : cette idée m'était insupportable. Déchirée dans son âme, comme l'était la mienne. Je pleurai de colère.

Ils s'aimaient, et cela était beau et incompréhensible.

Je m'endors, fatigué d'une crampe aux orteils. Une contracture qui tétanise, un bout de pied qui paralyse un corps entier. Bientôt, il survient, le ronflement. J'en étais sûr. À faire trembler les murs. Un ronflement que mes frères enregistraient sur dictaphone pour rigoler. Je peux siffler, il ne partira pas. Dans mon demi-sommeil, il balance mes pensées. Ce train des vapeurs d'alcool locomotive incantatoire mécanique du tumulte charbonneuse couverture rouage incandescent ferrailleuse armature brume de coton baldaquin sur rail brouhaha embrouillant bestialité moderne tord-boyaux moite de mes boyaux rêches esprit d'eau-de-vie sarment liquide orgue de la barbarie roulement des abîmes mélopée infernale tambours de l'intime les enfers sentent l'homme je sens l'homme je sens toi je suis devenu homme le jour où j'ai senti qu'émanait de moi l'odeur qu'exhalait mon père griffes du tag BABBO sur les murs de ma peau squat génétique parfums congénitaux soubresauts extatiques entrailles foncières caresses infuses alors paresse de la chair je veux la paresse de la chair pour eux qu'ils s'amourachent mais mollement embrocher sans saveur ça me va l'indifférence du corps plus il la voyait nue plus son désir clignait et déclinait ça m'irait comme tirade amour bourgeois quoi il l'a aimée quoi elle l'a aimé non elle l'a aimé par là même où il pisse pas comme gala ma gala basque pas comme elle et moi moi je suis sexe fort mais sexe tendre non pas comme lui oui lui aussi l'est peut-être mais je ne veux pas   mon enveloppe se gonfle   mes mains décuplées de volume lourd à me mouvoir   boursouflé d'effroi   pute   mirage d'un indolent espoir   rival   viral tu es en moi   à présent je dois sortir   il le faut   comment   sortir d'un songe   subvertir le néant   oui subvertir le néant   le forcer à entreprendre une crade expérience pour me prouver l'inexistence de cette réalité   je me fais voir le Babbo caresser un petit enfant   ou étrangler une vieille   tiens il ne peut pas faire ça   oui c'est bien ça tout va bien   c'est bien ce qui me semblait vite   je le tiens

le truc m'envelopper dans une pensée agréable   et ne plus la lâcher

le crépitement d'un feu

la pointe d'un sein

une suite ouatée d'accords jazzy

Panthéon III

La plupart de mes fables distinctives ne m'étaient pas narrées. Je me les assemblais et me les relatais à moi-même. Venu du Royaume-Uni, mon conte préféré était celui de Camilla Parker Bowles. Pas du tout la sorcière qu'on aurait pu décrire. J'appris quelques bribes de son parcours et me le déformai à plaisir. Poignant ainsi de l'imaginer seule téléspectatrice désespérée parmi un milliard d'autres réjouis, ce 29 juillet 1981 où la Spencer épousa son Charles. La meringuée Diana dans cette grosse soie fripée. Et sa traîne de huit mètres, allons donc. Une bécasse qui jusqu'au jour des noces appelait son futur époux « sir ». Un sir qu'elle n'avait vu que treize fois auparavant. Ça ne trompe personne. Le couple royal sort sur le parvis, les cloches sonnent. Les applaudissements. Le bruit de la foule comme une vague. Et Zitrone qui euphémise : « Seront-ils heureux ? On peut se poser la question. »

Camilla Shand, elle, était un personnage : caustique et brillante, passionnée de chasse et de fêtes. Peu séduisante mais très séductrice. Elle se faisait appeler « Milla ». Vêtue simplement, ongles rongés et sales, cheveux en bataille, sans maquillage. Elle vivait en coloc, dans un foutoir assurément british.

Qui m'avait rapporté cette rumeur ? Milla aurait choisi elle-même l'épouse de son homme. C'est dans le potager de sa maison que Charles demanda la main de la future princesse des cons. Peut-être la reine avait-elle fait pression. Lord Mountbatten, grand-oncle du prince et son confident, avait rejeté Camilla, il fallait s'y résoudre. Il lui trouvait davantage l'étoffe d'une maîtresse que d'une épouse. Rien ne pouvait y faire, la tradition barrait aussi tout espoir : elle était plus âgée que Charles de seize petits mois. La jeune vierge aristo, elle, serait parfaite pour les magazines. Je m'imaginais le serrement de cœur de Camilla lorsque l'officiant, dans un silence digne de cette cathédrale Saint-Paul, devait prononcer : « Qu'il parle maintenant ou se taise à jamais. »

Pour tout dire, ma tendre conscience était éprise de romanesque. Camilla était mariée depuis huit ans déjà, elle avait deux enfants. Sa relation officielle avec Charles avait pris fin presque une décennie auparavant, le prince parti faire ses classes dans la Navy. Il ne lui avait pas demandé sa main. Elle avait cédé aux avances de Andrew Parker Bowles, son prétendant de longue date, pour se venger de Charles. Et l'avait épousé. À bord du navire *Minerva*, le prince de Galles avait appris les fiançailles. Il s'était retiré dans sa cabine, et en était sorti les yeux rougis. Elle était loin leur rencontre lors d'un pluvieux match de polo. Elle, vingt-trois ans, dans son habit de ferme peu flatteur. Lui et ses vingt-deux printemps, brossant un poney. Elle, la descendante d'Alice Keppel, maîtresse du roi Édouard VII, y était allée franco. « *My great-grandmother was your great-great-grandfather's mistress, so how about it*[1] *?* »

Et pourtant, pensais-je. Andrew était un ami du prince de Galles et un filleul de la reine mère : de quoi rester dans le sérail pour Camilla. Charles devint du reste le parrain de son premier enfant. Et c'est bien auprès d'elle que Charles chercha consolation après l'assassinat de Mountbatten par l'Armée républicaine irlandaise. Elle encore, qui accompagna le dauphin au Zimbabwe pour les célébrations de l'indépendance en 1980.

L'histoire devait donner raison au petit garçon.

Charles voulut très vite qu'elle divorce pour l'épouser. Camilla refusa. Elle n'en savait que trop les conséquences : il aurait détruit ses chances d'accéder au trône. La veille du mariage princier, dit-on, Charles passa la nuit avec celle qui deviendrait quelques heures plus tard sa maîtresse. Des adieux érotiques.

1. « Mon arrière-grand-mère était la maîtresse de votre arrière-arrière-grand-père : alors, qu'en dites-vous ? »

Diana découvrit même un présent gravé que Charles avait commandé pour sa rivale. Jalousie et anxiété. Déjà. Elle, immature et instable, luttant contre la boulimie, réticente au sexe. Lui, sarcastique et acerbe. Ils ne partagèrent qu'un mutuel égocentrisme. Après les noces, Charles s'installa à Highgrove, une maison de campagne située à dix-huit kilomètres de chez Camilla.

J'avais pris mon parti. Je serais camilliste plutôt que dianien. La publication des bandes téléphoniques graveleuses entre les deux amants réjouit bientôt le gamin de huit ans prompt à s'encanailler. Diana, apprit-on par la suite, surnommait sa rivale « le Rottweiler ». J'aimais.

Tandis que la planète prenait position pour la princesse bafouée, je saluais ma Milla d'avoir su prendre sa revanche sur les conventions. Dès 1984 et la naissance de Harry, elle s'empara à nouveau du cœur de son prince à tête de chou. Que Charles soit un pauvre type infidèle, telle n'était pas la question. Dans mon cœur d'enfant manichéen, c'était l'amour qui triomphait. La gentille retrouvait le gentil.

Les menus cadeaux extraconjugaux secrètement échangés et les surnoms d'animaux domestiques « Fred » et « Gladys » trouvaient leur charme à mes yeux. Grand bien prit alors aux amis de Charles d'insister sur la « fixation paranoïaque » de Diana. Personne ne pouvait ignorer qu'elle harcelait de questions les serviteurs de son mari.

L'histoire raconte qu'en 1993 Camilla fut bombardée de petits pains dans un supermarché par des dianiennes hystériques. Et l'interview tire-larmes de la princesse de Galles à la télévision n'arrangea pas la cote d'impopularité de mon héroïne. Elle, qui, pourtant, ne s'épancha jamais dans la presse. Une femme de caractère. Seuls les esprits malingres parlent aux médias.

Le journaliste Richard Kay se rappelle : « Il y avait partout l'odeur nauséabonde de la revanche. Diana cherchait à discréditer son mari et sa rivale avec l'énergie d'une femme trahie. » Charles aussi donna une interview. Le lendemain, sous une photo de Camilla, le *Daily Mail* titrait : « N'est-il pas temps de cesser de détester cette noble femme ? »

Qui se souvient encore de l'affaire Squidgy ? Qui se souvient de cet enregistrement ? James Gilbey, vendeur de voitures d'occasion, y déclare son amour pour Diana, lui demande si elle s'est récemment masturbée, évoque la peur qu'elle a de tomber enceinte. Elle qui se plaint de cette « putain de famille royale ». Qui se souvient du nombre d'amants de la princesse ?

Juillet 1998. Près d'un an après l'accident du tunnel de l'Alma, le prince William accepte de rencontrer Camilla pour la première fois. Une demi-heure autour d'un thé. Politesses et banalités. L'adolescent repart enfin. Camilla appelle un majordome : « *I really need a gin and tonic !* »

Le mariage du même William a mis fin au conte de fées. À mon conte de fées. En épousaillant Kate la roturière, il a massacré la beauté antique des tourments de la noblesse. Sombre adieu au tragique de l'histoire. Le conformisme amoureux l'emporte sur la force du destin. Les princes n'ont plus à choisir entre leur cœur et leur royaume.

Au diable le moderne.

Cheveux blonds…

L'œil, d'abord, glisserait sur la moquette grise d'un long corridor, haut et étroit.

L'oreille dans l'oreiller. Tête à l'envers. Cadrage à la Kubrick.

J'ouvre l'autre œil. C'est un petit couloir, qui donne sur la salle de bains. Pas du tout long, en fait. Mon inconscient visuel me joue des tours. Le Babbo vient d'ouvrir les rideaux. Il s'est réveillé tôt, comme toujours. « À quelle heure ? » À cinq heures, comme toujours. Il a lu.

Et moi et mes cauchemars. Je m'en veux de ne pas avoir acheté de bouchons d'oreilles avant le départ. Ou des boules de cire, entourées de coton. Avec un aigle vert sur la boîte. Celles que je pensais bien nommées « Qui est-ce ? » pour leur capacité à rendre sourd leur utilisateur.

Celles qui se moulent au conduit et jaunissent. Celles dont la Mamma avait dû faire la fortune. Trente-cinq ans de surdité nocturne. Pour pouvoir convoquer ses propres rêves, on s'empêche d'écouter ceux du voisin qui ronronne. Fermer les écoutilles. Elle garde ses nuits pour lui dédier ses jours. L'amour boule Quies.

Je n'ai pas bougé. Où sommes-nous ? J'entends du vent. C'est le mistral, ça. Plutôt, j'entends sa voix. La voix du mistral, c'est un volet qui couine. Ici, les volets couinent et battent. Le mistral de l'Yonne, on l'appellerait ainsi. Ce serait tellement bon de se l'imaginer. Ainsi serions-nous à la source ? La Seine rejoindrait la Méditerranée. La Nièvre rejoindrait la Durance. L'Armançon rejoindrait l'Artuby. Le Serein rejoindrait le Las. Ça soufflerait. La bise ondulerait vers la garrigue. La bise roulerait sa bosse jusqu'à rouler les « r ». Est-ce Arthur lui-même qui vient haleter sur ces nobles contrées ? Du pays des morts au pays des Maures, il continuerait de guerroyer, faire tomber les arbres, propager les feux, éloigner les navires.

Selon une science pittoresque éculée, le vent du nord répond à la règle du 1-3-6-9. Si la pluie se montre, le mistral la fera durer un, trois, six ou neuf jours. Pareil pour le soleil. Dans le Sud, ils disent : « Le mistral, comme il te prend, il te lâche. » Azur aimant rassure et ment.

Je fabule. Le mistral en Bourgogne, voyons… Mais j'aimerais, j'aimerais. J'aime le mistral parce qu'il est un faquin. Un faquin qui se joue des touristes. J'aime les Anglais sur la plage. J'aime quand le mistral pousse la surface de l'eau, j'aime quand il permet au courant des fosses marines de remonter et d'occuper toute la côte. Ces eaux de deux mille mètres profondes au sud de Cassis, au large du banc des Blauquières. J'aime les Anglais sur la plage qui trempent leurs doigts de pied. J'aime leur réaction. Leur surprise après dix heures de voyage depuis leurs ondes plus chaudes que celles-ci.

Nous, nous ne passions pas nos vacances « à la mer ». L'expression relevait d'une trivialité qui devait nous rester étrangère. La mer n'était pas faite pour se baigner. Plutôt pour pique-niquer ou parfaire son bronzage. Je n'ai aucun souvenir de la Mamma dans les vagues. Chez nous, c'était la mer à mi-cuisses.

Nous réservions nos matelas sur une plage privée, en tous points identique au carré de sable public qui la bordait. C'est là le privilège des nantis : payer pour profiter de la gratuité. Les Caraïbes – c'était le nom – nous semblait garant d'aventure à moindres frais. On y servait du « madame » à toute heure, et de délicieux pans-bagnats. À quelques pas plus à l'est de l'écume, était installé Le Samoa. Malgré ses accents tout aussi cuivrés, il nous aurait semblé incongru d'y faire étape. Nous avions nos coutumes. Les Caraïbes se trouvait-il inopinément fermé, nous rentrions chez nous pour revenir le lendemain.

Allongés sur nos matelas, on voyait des garçons hâlés jouer au ballon sur ce terrain doré. Mèches et poils d'avant-bras blondis par le soleil. On ne s'en approchait qu'à la douche d'eau douce. Nous, nous faisions des châteaux, censés ressembler au nôtre. Jamais de ricochets. C'est un truc du Nord, les ricochets… enfin… pas de la Méditerranée.

Au quatrième jour, il pleut toujours. Il pleut gros comme le bras. On voudrait voir par la fenêtre quelques cyprès noirs, courts sur patte. Ceux qui protègent contre ce mistral.

On ne voit qu'Avallon, ses fortifications.

J'inspecte la chambre avant de partir. Qu'est-ce qui traîne sur sa table de chevet ? Son bouquin de la veille. Il fait souvent ça, le Babbo. Il passe le relais à un inconnu. Je feuillette. Oh, mais les pages sont pleines d'annotations ! Je regarde pardessus mon épaule. Il n'est pas là. Je glisse l'ouvrage dans mon sac.

On prend la route. Ou elle nous prend. On parle. On parle de rien. J'ai acheté des croissants. C'est quoi le symbole « EYPΩ » sur les billets ? Du grec ? Du franc-maçon ? Il n'en sait rien. Nous devisons sur les devises. À tout dire, je m'ennuie. En plaine, des rafales font tanguer notre auto. En forêt, des branches jonchent le sol. Le vent offre aux bordures de futurs amas de truisses ébranchées. De futures bûches à débiter. Non, plutôt des amas de truismes ébranchés. Oui, des banalités élaguées. Le vent offre à la route des vérités qui n'en seront pas. Et la balaie.

Ma tête se pose d'elle-même sur la vitre de gouttes. Crâne en diagonale, le regard perché. Je me laisse attendrir par la haute frondaison d'un chêne velu. Et ces oiseaux qui ressemblent à de petits cerfs-volants ? Ah oui, des hirondelles. J'aime quand la faune imite la technologie, quand la nature imite l'homme.

Comment en étais-je arrivé là ? Une révolte en pilou-pilou. Les fils veulent que leur père soit fier d'eux. Mais ils veulent aussi être fiers de ces pères. Je n'étais pas fier.

Avait-il honte de ce qu'il était devenu ? Il risquait d'obérer notre avenir, et il le savait. Entre deux missions, il s'appliquait à montrer son attachement. Presque à le démontrer. Aidant à faire nos devoirs, et nous à faire le sien. S'impliquant dans nos rédactions au point d'en rédiger lui-même. Préparant nos repas. Son rôti à l'ananas, au bruit du couteau électrique. Le pauvre. Je haïssais mon héros à le voir ainsi. Décati.

Le récit oisif de ses après-midi au cinéma me donnait la nausée. Va donc retrouver tes grabataires vermeils et tes boutonneux vermillon. Laisse-toi entrer dans l'accueillant tombeau. Laisse-toi envahir de l'obscurité. Laisse-toi plonger dans l'indifférent. Divertissement cadavérique. Les gosses n'aiment pas les médiocres. Ils les conspuent. Enfant, l'homme est plus fort, il résiste.

C'est dans l'absence qu'il retrouvait sa grandeur. Moins je le voyais, plus il m'impressionnait. Il régénérait sa puissance loin de moi. Au retour de vacances passées sans lui, il me semblait avoir gagné en autorité. L'autorité s'érode à l'usure. Habitude fait force de discrédit. C'était donc cela : il déchoirait à mon contact.

J'aimais qu'il ne retienne aucun de nos anniversaires. Le domestique ne sied pas aux grands hommes. La veille du jour attendu, son ignorance crasse me piquait au vif, mais d'une piqûre droguée. Une piqûre stupéfiante. Injectant le plaisir et la souffrance. Ces petites plaies qu'on prend jouissance à ne pas laisser cicatriser. Son affabilité le jour même, quand la Mamma lui avait rappelé l'information. Lui et ce stylo offert chaque année. Ce n'était pas une tradition. Il ne s'en apercevait pas. Simplement. Je m'en foutais.

Alors quoi ? Qu'avait-il fait de mal ? Qu'avait-il été ici pour que j'en sois là ? Pourquoi avais-je accepté de faire la route ? Je voulais perdre tout le réseau diffus des habitudes. En faire naître l'inconnu. Qu'attendais-je de lui ? Qu'il me parle de lui ? Vraiment ? Je voulais qu'il me dise la difficulté à devenir homme.

Juste un pas. Putain, juste un pas.

Qu'il me dise un secret. Juste un secret. Bien enfoui, bien qu'enfui.

Qu'il me touche. Un geste. On ne se touche pas. Mais quand il met sa main sur mon épaule, je grimace. Un sursaut pour surseoir.

Que savait-il de ma vie ? Qu'avait-il cherché à en savoir ? Ce que je prenais pour du désintérêt était-il pudeur et retenue ? Avait-il enquêté sur mes petits secrets pour mieux les respecter ? C'est ce que font les pères. Je crois.

Et lui, qu'attendait-il de moi ?

Que je lui signifie mon affection.

Je n'ai pas pu écrire « lui montrer mon amour ».

Le pardon et l'oubli. Là était la limite. La frontière à l'amour. La Mamma et mon frère avaient la désarmante capacité de « tourner la page ».

Moi, les pages, je ne voulais plus les tourner. J'avais fini le livre, je connaissais la fin. Aucune envie de le relire. Je crachais sur leur bonté. À chaque échec paternel, ils se disaient « déçus ». Seulement déçus. La déception est la colère des faibles.

De quoi se plaignait-elle ? Elle avait accepté. Elle avait accepté cette vie en notre nom. Il me faudrait marquer ma sédition. Jouer le fat, placide de façade. Le mépris comme on chique devant un étranger. Ces ascendants, je les blessais de mon non-amour. Certes m'avaient-ils élevé. Ils avaient vécu par et pour moi. Je voulais qu'ils sachent que ce don total de soi avait été prodigué sans retour.

L'adolescence, l'ère de la lucidité : c'est le sentiment baroque qu'il m'en était venu, puisque les majeurs divaguent. J'avais progressivement élaboré une théorie des âges. Personnelle et contradictoire. Il me semblait que l'homme naît entier pour devenir ignorant. Naître en pleurant, c'est bien pour quelque chose. Le nourrisson possède la pleine connaissance de l'univers. Et, bouleversé d'avoir à vivre cette condition humaine qu'il discerne si bien, il geint. S'il ne parle pas, ce n'est pas qu'il ne le peut. Il comprend ce qu'on lui dit. C'est qu'il connaît toutes les langues, toutes les cultures, tous les courants de pensée. Alors les mots sortent en embouteillage. Il bafouille. Il pleure toutes les nuits de ne pouvoir prévenir ses parents de la réalité du monde. Prophète muet. Le poupon grandit. Il rit des gazouillis des adultes à son égard. Abandonnant sa plénitude, il accède au langage. Peu à peu. Il se rééduque. Mot par mot. Bientôt il posera son regard sur les vies qui l'entourent. Sagesse de l'enfant sur l'existence. Bientôt il finira par se laisser corrompre.

Pourquoi la Mamma ne quittait-elle pas ce mari ? Elle n'y parvenait pas. Elle l'aimait, disait-elle, voilà tout. L'enfant comprenait ça. Il devinait l'infini de l'élan. Ce petit être immanent parvenait à se rappeler sa grandeur déchue, sa transcendance première. Mais, en vieillissant, il se persuadait de déceler le vice de cette relation. Plus elle aimait le Babbo, plus le Babbo reprenait confiance en sa hauteur, plus il échouait, plus il la faisait souffrir, plus elle l'aimait.

Ainsi l'angelot devint avocat du diable. Malgré lui, il s'était résolu à troquer sa pureté pour l'indolence. Le pubère se pensait encore éclairé par la Raison. Il tentait de convaincre sa mère d'accepter une rupture. Un divorce de ses illusions. Il préférait lui imposer cette peine que celles nées du Babbo. Il prenait sur lui de la faire pleurer. C'était pour son bien.

Le Babbo le savait. Mais ne m'en disait rien. Un pacte de non-agression s'était établi entre nous. Le Babbo pressentait qu'il ne pourrait lancer ses diversions sur moi. Je n'oublie rien. Je n'oublie rien. Tu peux les enfumer, moi pas. Moi pas. Un rempart, tu vois. Leur garde. Et ton garde-fou. Qu'étais-je pour toi ? Sans doute un jeune con. Suivant ma théorie, ne devais-tu pas avoir tout à fait tort : c'est ce qu'il commençait de m'advenir. Un petit orgueilleux, égoïste de sa propre destinée, donneur des leçons apprises sans cœur. L'orgueil en héritage. Le rejeton voudrait croire que rien ne l'imprègne ni ne lui échappe.

Une réminiscence de ma splendeur passée.

Voulais-je prendre la place du père ? Tentais-je de me persuader que cette absence souhaitée aurait le même effet magique sur la Mamma que celui qu'elle pouvait avoir sur moi ? Je voulais l'envelopper de l'étoffe des trêves.

J'avais pourtant voulu y croire, moi aussi. Croire en lui. Croiser ses fariboles. Sa façon de plastronner quand l'espoir d'un succès pointait. Il était de cette engeance. De ces vrais contes de fées. La Mamma, elle, était bien différente, et se faisait un honneur professionnel d'avoir le triomphe modeste. Elle prenait soin de ne pas le heurter, d'annoncer ses nouveaux contrats avec délicatesse. Elle mettait toute sa force de caractère à gommer son caractère. Elle la fierté pudique, lui la fierté publique.

Le Babbo s'arrête faire le plein. Quand il met la clé dans le contact, on se tait comme pour aider la Fiat à redémarrer. Est-ce qu'on regarde vraiment où on va ? Nous traversons le Tonnerrois. Il porte bien son nom. Nous traversons Sens. Elle porte bien son nom. Nous traversons le sens mais sans nous y arrêter.

La Mamma n'y parvint jamais, à le quitter. Fallait-il l'en blâmer ? Elle le chassa quelquefois. Ses fils venaient s'enquérir de ce qu'il restait de lui. Un petit appartement sordide de Vanves. Il vivait seul. Jamais il ne l'aurait trompée. Pour décoration, vétilles et clichés jaunis. Un air de chez-soi qui ne l'est pas. Une familière étrangeté. Un présent qui se voit au passé. L'enfant entraperçoit une photo de lui déjà cornée. Il est un souvenir avant d'avoir vécu.

La Mamma rappelait toujours le Babbo. Elle se le devait. Elle lui était vouée. Elle avait une mission : accompagner ses vies, sachant les adoucir, dans une traversée du désert au désir.

J'étais toujours heureux et navré.

J'avais acquis mes galons de dur à cuire. Un garde-chiourme. Ne rien laisser passer. Ainsi m'y étais-je attelé, ainsi m'y cantonnait-on, ainsi m'y enfermerais-je. Je doute que cette famille m'ait alors connu. Cette dureté était née pour les protéger. Je préférais ne pas les voir m'aimer pour les préserver d'un chaos suspendu. Les années passant, cette froideur trouva d'autres échos, se mua d'elle-même. Son but premier se perdait à ma vue. Je me sentais à eux étranger, sans bien m'en rappeler la raison. Il arrivait parfois que je me sente coupable d'exister en marge de tels êtres. Coupable d'être salement humain, de ne pas me montrer altruiste, de ne pas priser non plus la théâtralité domestique. Je me convainquis dès lors qu'un fils peut ne pas chérir son foyer, moins par animosité que par manque d'intérêt. Ne pas s'en inspirer. Il me semblait qu'imitation ne pouvait être que limitation. Je préférerais m'esquisser des horizons hors cadre.

Il me fallait d'abord rabaisser ma condition, travestir mon origine sociale. Aspirant à plus d'ordinaire, je m'inventai une vie infra-ordinaire. « T'habites où ? – Dans l'ouest parisien. » Ne pas dire « le XVIe ». On ne devait rien savoir de moi. Savoir des choses sur moi, c'était savoir des choses sur lui. On ne saurait rien du Babbo. Je pris honte d'être bourgeois. Les bourgeois sont les méchants des cours d'histoire. Je refusais d'en côtoyer. Ils étaient les gens inoculés.

Il me fallait aussi être bon élève. Pas pour faire la fierté du clan mais pour m'abstraire du conflit. Aspirer à l'icône, ou tout du moins à la normalité positive. La quête de reconnaissance passerait par les éloges de mes professeurs et de mes camarades. Seulement eux. Parfois, je me laissais piéger. Me laissais attendrir. Montrer une bonne note aux parents pour me laisser flatter. Par vanité, je jouais au modeste. La modestie, ou le plaisir de se faire complimenter deux fois. Plus tard, je m'en mordais les doigts.

Là se forgea en pleine conscience ma juvénile gravité. J'avais décidé de me mettre en retrait du réel. Infinitif présent passif. Observateur et escogriffe. Mon rapport au monde se vernit de fatalisme historique. J'aimais être témoin, simple témoin oculaire. En 2002, regarder mes camarades défiler au son des acrostiches fasciste et nazi. Étudiants appliqués à leur parfaite scansion. Y participer m'aurait semblé dérisoire. Son propre destin se construit sans soi. Alors celui d'une nation…

Depuis le début du voyage, je n'arrive pas à me défaire d'une phrase que j'ai notée sur la première de couverture de mon livre. Zweig toujours : *Ce qu'un homme, durant son enfance, a pris dans son sang de l'air du temps ne saurait plus en être éliminé.* Je veux croire qu'il a tort.

Atavisme, le mot me vint en horreur le jour où je le découvris. Je n'avais jamais pensé qu'on suinte de tous ceux qui nous entourent sans le vouloir. Qu'on est un peu de ce qu'ils sont sans s'en apercevoir. On hérite d'un patrimoine indu. Moi je voulais acquérir une identité non identifiée. Je voulais être contenu dans ma propre nature. Forgé de nulle cause externe. M'être un enfant au monde. Mais mon corps m'apporte plus que ce que je contiens. *Fucking fatum.*

Mon ventre me tiraillait : étais-je destiné à cela ? La lancinance de l'autodestruction. Devrais-je être ce qu'ils sont ? Vivre comme ils vivent ? Les liens du sang sont des menottes. Mon esprit ne parvenait à comprendre pourquoi deux êtres qui s'aiment souhaitent l'imposer à d'autres. Procréer me semblait relever d'une tentation insensée. Vouloir créer un homme, c'est vouloir se faire dieu. Ce ne pouvait être qu'arrogance.

Et pourtant, qui m'avait aimé autant ?

Qu'en pensait-il, mon chauffeur ? Il y avait sûrement réfléchi. Que veut-on transmettre de soi ? Que transmet-on qu'on ne veut pas ? Pourquoi devient-on père ? Par amour de l'autre ? Par amour de soi ? Veut-on un autre soi ? Un autre que soi ?

Lui avait voulu me voir sportif. Cela m'allait. Je connaissais mon latin. Le champion, c'est le *propugnator*, c'est le défenseur, c'est l'exemple. Je serais un champion, mais je ne lui ressemblerais pas. Je serais un champion pour lui montrer l'exemple. Je devins donc joueur de football dans ma onzième année, me persuadant du fondement de ma démarche, contre ma nature. Je me faisais violence, un peu, beaucoup. Car je préférais contempler mes coéquipiers que leur apporter mon secours. Le football relevait pour moi de la mystique. Il faut le reconnaître, je n'ai jamais prié aussi fort que des crampons aux pieds. Pas pour gagner. Plutôt pour ne pas recevoir la balle. L'entraîneur, du haut de ses cent kilos, expulsait ses consignes : « Quand vous avez le ballon, vous le passez à Jonathannn. À Jonathannn, bordel. » Jonathannn était son fils, il faut dire, très bon. Personnellement, cette stratégie me convenait à merveille. Il avait l'air d'un grand, au moins minime. Il mâchait du chewing-gum et portait un tee-shirt « Gynécologue amateur » que je ne comprenais pas.

Cette saison-là, il ne me fut donné que d'inscrire un seul but. Mais il fut magnifique. Après une première période en demi-teinte, je voulais reprendre des couleurs. Car mon père s'était déplacé. Sur le bord de la pelouse. Avec tous les papas. À la reprise, je demandai le ballon.

Je courus comme je n'avais jamais couru. Le regard appliqué, rivé sur mes chaussures. Je posai mes jalons. Ponctuant ma foulée d'une série de dribbles aériens, voire virevoltants. Oui, un oiseau n'eût pas mieux volé jusqu'à la cage. Je sentais des défenseurs se jeter sur moi. Les cris du coach que je n'écouterais pas. Je ne les connaissais que trop. Non, Jonathannn n'aurait pas le droit aujourd'hui de profiter de mon génie. Bientôt, les hurlements qui montent de la petite foule. Que c'est bon... J'approchai du but. Du but que je m'étais fixé. Un crochet, un second. Le tir. Le frisson des filets. À cet exploit, j'exultai d'avoir su être acteur de ma propre fortune. Une bouffée d'orgueil naquit dans ma poitrine. Parmi les spectateurs, je venais de donner la leçon au Babbo. L'exemplarité. Voyait-il mon exemplarité ? Je le cherchai des yeux. Enfin, je le trouvai. Il s'était éloigné. Il me fixa en plissant les lèvres. Soulevant le menton pour m'inviter à regarder derrière moi. Je ne compris pas tout de suite. Pourquoi ne me congratulait-on pas ? Pourquoi le gardien de mon équipe se trouvait-il ici ? Nous avions changé de côté à la mi-temps. Je venais de marquer le plus tourbillonnant des buts contre son camp.

*

Faudra-t-il dire que nous eûmes une enfance malheureuse ? Je ne saurais le faire. Nous étions des garçonnets solitaires très entourés d'attentions. On peut même l'affirmer : des enfants gâtés. La Mamma nous gâtait à la mesure de sa démesure. Il semblait essentiel que nous ne manquions de rien. À défaut d'être heureux, nous avions TOUT pour être heureux. Consommer pour oublier.

J'arpentais notre confortable appartement ces dimanches où tous les parents dorment. Pour moi, il était clair qu'on devenait adulte le jour où l'on se trouvait gras de cette matinée. Il relevait de l'évidence qu'un adulte est celui qui se sent fatigué d'avoir déjà vécu. Bref, j'arpentais, disais-je, j'arpentais. Sur le palier, un ascenseur début du siècle Roux-Combaluzier : porte grillagée et rideau métallique à coulisse du plus bel effet. Dans l'entrée, un mur dédié à nos croissances respectives. Des encoches faites au stylo à bille. Dans le salon, une belle télévision, où passaient Starsky, Hutch et Hervé Claude. Une belle salle de bains, moquette violette au sol et panneaux de liège autour de la baignoire. Un meuble à lavabos, marronnasse. La décennie quatre-vingt aimait le mauvais goût. Dans notre chambre, une fable de quincaillerie. Billes agates, billes pépites, billes plates ou champignons, Skeletor, Popples, troll, Gak, Tapitouf, singe Murphy, singe Kiki, Barbapapa, Luxiole, Pollux, téléphone à roulettes ou simple ressort nommé Ondamania. Nous étions à la pointe de l'hyperconsommation décomplexée. Dès lors, la Mamma nous autorisait-elle la transgression institutionnalisée, le correct politiquement incorrect. Nous nous adonnions à la collection des Crados, vignettes scato-humoristiques, et à la lecture des ouvrages d'insultes « Ta Mère » que la principale intéressée nous achetait elle-même, non sans être prise à partie en librairie par quelque moraliste permanentée. Nous nous noyions dans l'insoluble désir d'avoir.

La Mamma avait décidé que nous serions comme les autres enfants. Choyés quand bien même. Certains diront sauver les apparences. C'était plus que cela. C'était malgré les apparences. Les apparences ne trompaient personne. Je me souviens de ce dessin animé à la télévision. Je me souviens de la forme de cette télévision. Je me souviens des messieurs entrer dans la pièce, dire : « Bonjour les gosses », éteindre le poste, le débrancher et l'emporter. À deux, à bout de bras. Dans d'autres pièces, d'autres messieurs emportaient d'autres pièces de mobilier. Je me souviens de la Mamma rentrant au bercail. Puis repartant. Je me souviens qu'elle nous demandait quel meuble rapporter en premier. Je me souviens que nous donnions la même invariable réponse. Je me souviens qu'elle la rapportait toujours, la télé. Je me souviens qu'elle nous disait que c'était un jeu, que les messieurs l'avaient cachée pour faire une blague. Je me souviens que nous n'y croyions pas. Je me souviens que nous ne savions pas ce qu'était un huissier.

Les répits forgent nos souvenirs. On veut croire qu'ils sont notre passé. On veut croire que tous ces grains se sont infiltrés par bourrasques dans un bonheur peu perméable. C'est l'inverse. L'angoisse latente s'évaporait en de rares éclaircies.

Je m'ennuie. Mon esprit flotte au-dessus des paysages que nous traversons. Je m'imagine être né dans l'une de ces maisons. La rouge, là, derrière ce champ. Je serais allé à l'école communale, aurais donné mon premier baiser quelque part dans le coin, tiens, cet abribus en bois, parfait, ça fait un peu chalet. Nous n'étions pas de ces jeunes-là. Nous ne bullions pas. Nous avions une « jeune fille » pour veiller sur nous. Et nous surveiller. C'est tôt qu'on en a eu. C'était à la période où les glaces à l'eau sur leur bâtonnet de plastique remplacent la ratatouille dans le congélateur. Celle où la chaleur revient. Alors le froid, on l'ingurgite. Ce froid qui donne mal aux neurones. Pagophages, je crois, c'est le nom de ceux qui mangent des glaçons.

Ma mère m'expliqua qu'il faudrait être gentil avec cette « bonne » venue du Midi. Rien ne me plaisait dans cette idée. Je ne pouvais comprendre cet abandon comploté. Tout était louche. Pourquoi ce « Midi » était-il d'ailleurs au sud de la France, et non au centre, hein ? Le métier même de cette personne m'apparaissait très flou. Une sorte de médecin qui s'occupe des enfants : car cette jeune fille « opère ».

Son savoir thérapeutique, la demoiselle aurait pu se l'appliquer à elle-même. La jeune femme se traînait plus qu'elle ne se mouvait. Répétant à foison : « Ohhh, jé suis ennssuquée... » Mon frère et moi ignorions bien ce que cela pouvait signifier, mais l'expression de son visage présageait de sinistres auspices. Par ce mot, nous pensions éprouver le déchirement de son identité, l'arrachement à sa terre. Sa paresse, je la prenais pour un mal-être, sa langueur pour un vertige.

Bientôt, passant outre, il me vint à l'idée que cette jeune femme serait un puits de science orale. Ses phrases chantaient malgré ses sombres états d'âme. Bien lui en prit. Je devins linguiste de cette humeur chagrine. « Puteuuu borgneuuu ! Boulègue-toi d'ici ! Arrête de m'esquicher ! Faut que je nettoie les maillons de la salle d'eau et le cagadou ! Va au ballon ! » Traduction : « Bon sang ! Bouge-toi de là ! Arrête de me coller ! Je dois nettoyer la salle de bains et les toilettes ! Va jouer dehors ! » Ou encore : « Hé, les nistons, pourquoi vous faites ces yeux de gobi ? Rentrez donc ! Té vé, avec vous, on aurait le temps de tuer un âne à coups de figue. » = « Hé, les enfants, ne faites pas ces têtes d'ahuris. Rentrez donc ! Allez, vite ! Qu'est-ce que vous êtes lents ! » Le soir enfin : « Enfile ton pyjama ! Mon Dieu que tu es maigre. Regardez-moi ce petit tafanari, ces petites fesses. Cet enfant, on y voit la Vierge à travers tellement qu'il est fin... Allez, au lit ! Tu as changé l'eau des olives ? » Ça donnait presque envie d'aller refaire pipi.

Malheureusement, la provinciale poétesse regagna ses pénates. Les années qui suivirent, la Mamma ne renouvela pas l'expérience et s'en fia à la tradition des beaux quartiers : une annonce dans *Paris Normandie* et des jeunes filles anglaises. Les candidates étaient nombreuses, l'arrondissement était chic, le métier payait bien, mon frère et moi étions sages comme des mirages. Nous ne faisions pas trop de bêtises. Pour preuve, quand le catéchisme nous imposait ses séances de confession sur commande, je n'y avais jamais grand-chose à relater. Mais c'était toujours un ravissement que de s'y rendre, car nous y était fournie... une liste de péchés. Un fantastique choix de conneries à faire. Minutieusement classées : 1. en famille, 2. à l'école, 3. envers Dieu. Une enfance entière n'y aurait pas suffi. Nous étions obligés de choisir une faute à expier par catégorie. Je m'y soumettais, le plus souvent au hasard. La sortie de la chapelle donnait lieu à des échanges d'un rare cynisme entre camarades. « T'as choisi quoi ? 2, 5, 9 ? – Oh non, pas 9, tout le monde le prend… » J'imagine qu'il en était de même pour mon frère.

Lui et moi ne nous colletaillions pas, nous n'éprouvions pas nos forces. Nous n'étions pas non plus complices, comme quand les Anglais disent : « *To be in brove.* » Les sensibles le sont chacun à leur façon. Tout à leurs sentiments. Tout à leurs attentions. Une année, à la montagne, ma mère vit une de ses vertèbres fracturée dans un accident de luge (jeunesse toujours). Rapatriement, hôpital, elle fut autorisée à regagner son domicile équipé d'un lit médicalisé. Les infirmiers l'allongèrent et lui donnèrent congé. C'est là qu'elle passerait les six prochaines semaines. Les infirmiers remarquèrent en sortant l'exceptionnelle sobriété de la décoration. Vide. L'appartement était vide. Les huissiers s'étaient servis en son absence. Ils avaient eu la grande mansuétude de lui laisser un lit. Et le piano à queue du salon. Pas faute d'avoir essayé : ils avaient convoqué une grue pour emporter les meubles. Seul l'instrument s'était rebellé. Sur le point de céder à la mélancolie, la Mamma n'eut pas le temps de s'épancher. Il résonna dans sa chambre quelques notes primesautières. Mon frère s'était installé au clavier. Il joua sans s'arrêter, puis regagna sa piaule sans venir saluer. Il reprit ce rituel jour après jour.

D'un frère à l'autre, on savait d'un regard que l'autre était là. Et cela suffisait.

Lui, l'étourdissement de l'enfance semblait ne pas l'affecter. Il retenait tout, les dates, les lieux, les noms. Ce n'était pas une question d'âge. Trois ans plus tard, le rattrapant, ma mémoire était toujours mauvaise. Pourtant, il ne désirait retenir que les instants charmants. Idiosyncrasie, cela s'appelle. « Disposition humaine à ressentir différemment selon les individus une impression extérieure ou sensorielle. » Nos personnalités se formèrent en parallèle, lui ouvert, moi fermé. Nos goûts se formèrent en parallèle. Je me suis longtemps demandé comment deux hommes de la même génération, au même vécu, ne peuvent apprécier les mêmes choses. J'ai fini par comprendre. Idiosyncrasie. Même cause, effets divergents. Il faut que nous nous soyons aimés beaucoup pour n'en être pas venus à nous détester.

Depuis quelques minutes, le Babbo joue à la course avec un petit 4 × 4. Nous ne gagnerons jamais. On se rapproche. Les vitres sont fumées. C'est quelque chose de regarder le monde sans être vu. Dans les bureaux marquetés de la Mamma se trouvait une salle de jeux. Sur l'un des murs, un large miroir. En réalité, une glace sans tain. Pour pouvoir analyser la découverte de nouveaux produits par leurs petits cobayes, ma mère et ses clients s'installaient derrière. Il m'arrivait de me glisser dans la coulisse, dans ce réduit abstrus. Regarder les autres mioches jouer gentiment. Enfin pouvais-je ne plus faire semblant de ne pas les scruter. Ils étaient purs, et si joliment candides.

Quand j'en croisais, des gosses, je jouais à l'enfant qui joue à déguiser la vie. On dirait que tu es un voleur, etc. Tous les enfants font ça, moi je ne jouais qu'à ça. Jouer avec les sentiments des autres pour distancier les miens. Je faisais jouer mes camarades de cour de récré au divorce, avec leur consentement incrédule.

Voilà mon reproche au Babbo. Je lui en voulais d'avoir dissipé le halo des innocents. De m'avoir privé de ces années plus belles que je ne puis le comprendre. Il avait fait de moi un enfant lyrique. Délicat aux tourments de l'humaine condition. Souffrir jeune, c'est longer un absolu qu'on ignore. On ressent sans percevoir. On perçoit sans saisir.

Alors tout réapprendre. Par exemple, l'amour. Depuis que j'étais d'âge à réfléchir, l'amour entre un homme et une femme était devenu l'objet d'une crainte mâtinée. L'amour devait être autre chose que ça. Bien sûr, ne pas apprendre l'amour comme ils s'aiment. Fusion par effusion : telle était leur devise. Mon amour à moi serait tendre et sublime. Je devenais fleur bleue. Je me mis à conserver secrètement les petites phrases imprimées sur le papier d'emballage des chocolats que ma mère rapportait de chaque voyage en Italie. Une banalité de Shakespeare ou de Lao-Tseu. La grande lessiveuse de la culture mondiale. Je devins incollable en mièvreries : *S'aimer, ce n'est pas se regarder l'un l'autre, c'est regarder ensemble dans la même direction* (Saint-Ex). Une pochette cartonnée devint mon recueil secret de gondolinance. Au fil des mois, j'en appris plus sur l'amour néoplatonicien et m'y convertis. L'amour courtois. Celui qui cristallise nos émois. Celui qui en fait un écrin. Celui qui aime ne pas dire qu'il aime. Je m'abreuvais d'un sentiment doux et chimérique. Amour parfait bien qu'éphémère. Éviter qu'il ne se flétrisse. *En amour, un silence vaut mieux qu'un langage. Il est bon d'être interdit. Il y a une éloquence de silence qui pénètre plus que la langue ne saurait faire* (Pascal). *Être aimé, ce n'est pas cela le bonheur ; cela, c'est mêlé d'un peu de dégoût, ce qui flatte la vanité. Le bonheur, c'est aimer, c'est voler peut-être à l'objet aimé de petits moments de proximité illusoire* (Thomas Mann). *Celui qui n'aime est malheureux / Et malheureux est l'amoureux* (Ronsard). Chaque lecture donnait lieu à son relevé de citations. Par goût, et par lâcheté. Si ces auteurs m'avertissaient du danger, ce ne pouvait donc pas être la trouille qui me faisait refuser de parler aux demoiselles.

J'avais fini par imaginer l'amour sous une forme inédite. J'y voyais... une boîte de conserve. Tant qu'elle reste fermée, on sait qu'elle est là, dans ce placard, et qu'on pourra y goûter. Une fois ouverte, l'air la pourrit en quelques heures à peine.

Ma ridicule petite vision me conduisait à des pensées saugrenues. Bien des années plus tard, je me rendis compte, par exemple, que j'étais enclin à maquiller les paroles de chansons. J'en détournais le sens par une mauvaise compréhension, pour coller à mes pensées absconses. Joe Dassin avait été pour moi un zoologue égoutier : « Et on s'aimera encore, lorsque l'amour, ce rat mort. » Eddy Mitchell un ancien boxeur devenu alcoolique : « Ma plus jolie des mythos. Cool heurts mentent à l'eau. » Mieux, venaient se polluer tous les standards musicaux d'une noire destinée. Je développais un cynisme dispendieux. Je me croyais poète élégiaque. Dans le fond de la classe, je sniffais seul mon pot de colle. Moins une addiction qu'une nostalgie par avance. Je voulais rester pur. J'ai fini par devenir adulte.

Je suis devenu adulte le jour où ma mère s'est couverte en me voyant entrer dans la salle de bains. Je voulais lui dire que j'étais encore cet enfant. Les gens évoluent à votre place. La Mamma était définitivement devenue bourgeoise. Ce n'est pas moi qui le dis, c'est Lelouch... dans ce film... là... avec Bébel et Girardot : *Qu'est-ce qu'une bourgeoise ? Une femme qui a peur de se montrer nue.*

Panthéon IV

C'est l'histoire d'une femme seule, dans un petit deux-pièces de la banlieue romaine. Elle laisse ses volets clos. La vieille se fait discrète, sort à peine de son immeuble moche pour aller faire ses courses. C'est que son poids l'empêche. Et la honte. C'est l'histoire d'une femme seule, qui ne se regarde plus. Elle sait l'effet du temps sur sa peau. Et l'alcool, la drogue, la chirurgie. Chez elle, rien ou presque. Une Madonnina accrochée à un mur. Dans l'air, les sermons de Radio Maria. Elle aime Dieu, il n'y a que pour lui qu'elle s'oblige à sortir. Le dimanche à la messe. Avant, c'est elle qu'on aimait. C'est l'histoire d'une femme seule, qui fut une icône. La couverture de *Paris Match*. Avril 1980. Un sex-symbol planétaire. Héritière de Sophia Loren et Gina Lollobrigida. C'est l'histoire d'une femme qui vola son homme à Ursula Andress. C'est l'histoire d'une femme qui vécut huit ans avec Belmondo. Sans chez-eux, sans mariage, sans enfant.

Adulée par Comencini, Scola, Rappeneau, Chabrol. Visconti dira d'elle : « C'est la plus belle femme de l'univers. » Une femme aux seins lourds et au regard triste. Une femme hantée par ses premières années passées dans un camp de réfugiés slaves. Une femme qui finit par se maquiller de blanc les narines. Une femme fragile pour la gloire. Je pense souvent à *Malizia*, à *L'Innocent* et aux *Mariés de l'an II*. Je pense souvent à Laura Antonelli.

… Cheveux blancs

WOW ! Ça goutte sur moi ! Sous le poids de la pluie, la capote de la Fiat vient de se déchirer. Je suis trempé. Ça fait se tordre le Babbo. Je détache ma ceinture, me glisse à l'arrière, cherche mon sac dans le coffre. Je trouve une serviette-éponge. Je regagne ma place, rattache ma ceinture. J'essaie d'accrocher la serviette sous la capote. Ça ne marche pas. Je garde la serviette sur la tête. Je repense à la Jetta de mes grands-parents. C'était un tank imperméable. Je m'imagine Bon-Papa et Bonne-Maman une serviette sur la tête. C'eût été une avanie publique. Je repense à Bonne-Maman, au rôle en creux qu'elle a eu dans ta vie. Je pense aux gens qu'on n'aime pas mais qui prennent part à votre histoire.

Oui. Nous la nommions « Bonne-Maman ». Sa titulature relevait de l'évidence, c'était celle en vigueur dans toute famille bourgeoise qui se respecte. Bonne-Maman était ce qu'on appelle une « belle vieille », vaillante. Classieuse bonne femme d'un mètre cinquante-cinq. Frêle et rêche. À son passage, les effluves de laque Elnett vous chatouillaient les narines. Je tenais ma grand-mère pour un vase squalide. Une relique qu'on vous force à admirer mais qu'on regarde avec indifférence, voire commisération, en se demandant pourquoi on la préserve sous verre. Elle venait prendre place au milieu des bibelots de son grand appartement, entre Passy et la Muette, vue sur la tour Eiffel, paravent asiatique, tapis persan, bergère en velours, chinoiseries de Sèvres, abat-jour à festons, abat-jour à franges, téléphone en bakélite. S'y trouvaient bien des objets de mythologie familiale. Des objets uniques, qu'on n'eût vus nulle part ailleurs. Ils étaient de notre tribu. Briquet cubique orange, cendrier en bronze moulé en main d'enfant, ramasse-miettes ancien, boîte à tabac en argent gravé, étrange cuillère retroussée sans usage, pompons accrochés aux clés des armoires et buffets. Chez les grands-parents, les babioles du quotidien ne sont pas tout à fait les mêmes. Comme ce rectangle en porcelaine dont l'utilité me resta longtemps inconnue : un porte-couteau. Avec elles, on se savait chez elle. Oui, ces babioles étaient immuables, presque clouées aux meubles.

Pour l'enfant que j'étais, tout était d'égale importance. Un petit objet et un grand. Un de valeur, un sans valeur. Je ne hiérarchisais pas. L'information me parvenait sans filtre. Le service à la cuillère de Chang à Roland-Garros me surprit tout autant que l'exécution en direct de Ceauşescu.

Bonne-Maman me faisait l'effet d'une dame de la cour un peu déjantée. Elle portait à merveille ce charme discret de la désuétude. Vocable suranné. Mon sweat à capuche devenait un « peu seyant tricot », mon bombers une « gabardine », mon Walkman un « petit transistor »... *oh le vieux style...* Ses petits-enfants étaient hélés par un imparable « mon chéri », même les cousines.

Les mercredis, nous nous rendions à déjeuner. Elle préparait ses propres gnocchis de pommes de terre, seul et unique plat de sa composition. Bonne-Maman avait été servie toute sa vie et ne s'en cachait pas : elle n'avait appris qu'une seule recette, pour faire « grand-mère ». Pour valider auprès d'hypothétiques observateurs l'image d'Épinal d'une aïeule maternante. Après le repas, avant de nous emmener faire un tour de poney au jardin du Ranelagh, Bonne-Maman lisait consciencieusement *Le Figaro*. Elle tourne la page, tape dessus pour la faire dégonfler, la parcourt d'un œil, se mouille l'index de la main droite, poursuit. De mon côté, je lisais

Fripounet. On nous y avait abonnés. Les éditions Fleurus, bien qu'étiquetées « cathos de gauche », trouvaient grâce en ces lieux. Mais il n'eût pas été question de demander *Pif Gadget*, organe de propagande de la scélératesse communiste. Quelquefois, nous jouions au Bingo. Quelquefois, au « jeu turc ». C'étaient des tuiles en plastique numérotées, rapportées d'une croisière au départ d'Istanbul. Lointain cousin du rami. En réalité, je découvris des années après la mort de Bonne-Maman que ledit « jeu turc » comportait des règles en tous points différentes de celles qu'elle nous avait patiemment inculquées. Là-bas, il s'appelait « okey ». Mais parler de Turquie, cela faisait chic.

Ce snobisme affiché masquait un étonnant reliquat de superstition populaire. Un vœu quand un cil sur la joue, du sel par-dessus son épaule, un louis d'or dans la main gauche pour faire sauter les crêpes. D'où tenait-elle ces fanfreluches de tradition ? Sans doute d'Italie. Ma grand-mère était issue d'un couple cosmopolite. Père provençal, mère transalpine. Ils avaient engendré un gynécée de quatre filles. Quatre sœurs à marier. Peut-être bien un frère aussi. Ils s'étaient établis sur la côte niçoise, regagnant la Toscane quelques mois de l'année. J'aimais assez l'idée que ma grand-mère provienne du même pays que les « *veline* », ces bimbos rutilantes des émissions de Canale 5. Le contraste me désopilait.

Bon-Papa, lui, était décédé dans ma prime jeunesse. Il était un grand homme réduit à des anecdotes. Une tache de transpiration imprimée sur un des canapés du salon de réception. Pour moi, il n'était pas le compagnon de route du général de Gaulle (ce grand mec sur les photos aux côtés de mon ancêtre à la bonhomie chauve et bedonnante), pas le ministre, pas l'ami de Léotard père ou du couple Veil. Non, il était l'homme au lion. C'était un article de journal des années soixante que j'avais retrouvé dans un vieux livre d'or. Maire de village varois, il venait d'inaugurer un zoo tout neuf. Le journaliste relatait par le menu détail comment, après avoir parcouru l'enclos des girafes, des antilopes et des zèbres, le directeur l'avait engagé à poser devant les photographes, la tête placée entre les crocs d'un lion. Le cliché accolé valait le coup d'œil. Belle témérité qui s'expliquait sans doute par la présence d'un dresseur à quelques pas de là. Le grand-père n'avait pas franchement l'air à son aise. Pas tellement qu'il paniquait. On lisait plutôt sur la figure de ce brillant technocrate une irrémédiable interrogation : pour quelle raison déjà avait-il accepté d'être dans cette bouche ? « Un ministre dans la gueule du lion », il voyait déjà le titre du *Canard* si quelqu'un à Paris venait à l'apprendre. En tournant la page du livre d'or, on tombait sur une autre coupure. Datée de trois jours après. Pas de photo, juste quelques lignes. Le correspondant local y mentionnait la mort d'un des premiers visiteurs du zoo. Un père de famille avait voulu impressionner ses enfants en s'introduisant dans un enclos pour poser « comme dans le journal ». Il en avait perdu la tête.

Depuis qu'elle était veuve, ma grand-mère vivait dans le mythe marital, brossant son auréole, là, entourée de son mobilier de vie publique, là, où elle avait reçu ambassadeurs et secrétaires d'État. Elle demeurait pétrie de cet art de vivre d'antan, pétrie de ses conventions. Des conventions qui la rendaient risible et rayonnante. Toujours en tailleur, toujours en talons. Elle était vieille et classe.

Bonne-Maman me semblait n'avoir jamais vécu deux guerres mondiales. Elle avait eu son lot de déchirures pourtant. Mais elle avait retrouvé dans la fin de sa vie les marques du début. À mes yeux, elle était la Belle Époque. Elle était Proust. Elle n'eût pas entendu que le rang social ne se marquât pas. Bonne-Maman ne comprenait pas qu'un dix-huitième anniversaire ne s'accompagne pas d'une séance de portrait chez Harcourt. Chacun de ses cinq enfants s'y était fait photographier en cette occasion. Comme « tout le monde ». C'était donc qu'il fallait perpétuer la tradition. Aujourd'hui ? Nivellement. Culturel (le cinéma, pouah), vestimentaire (que sont vestons et complets devenus), géographique (prendre les transports de masse, pouah), alimentaire (boire le Coca du prolétaire).

Dans les sauteries mondaines, Bonne-Maman avait l'incroyable faculté de faire sentir que cette soirée resterait un moment fort de sa vie. Jusque tard lui resteraient les principes d'un codex des sociabilités. Prêtant l'oreille, cherchant le bond et la réplique, elle sirotait un rosé. Court en bouche, il lui lacère le gosier d'un trait de fraîcheur, bref arôme d'un bouquet de feuilles sèches. Parfois seulement du rouge, vite consommé avant qu'il ne surisse.

Ainsi vivrions-nous avec elle. L'année de mes quatorze ans, l'année de ses quatre-vingt-dix, les lacunes de réussite paternelle nous conduisirent à emménager dans ses meubles. Ceux que nous, enfants, étions contents de revoir le mercredi, et de quitter ensuite. À cette période, je vouais à ma grand-mère un amour compassé. Un vague respect. Je ne savais quelle portée donner à notre cohabitation. Allais-je lui insuffler mon énergie, ou la diminuer par là même ?

Ce fut bientôt le benjamin de mes soucis. J'appris à connaître celle que je pensais connaître. De loin en loin, on découvre l'autre côté des choses. La grande bourgeoisie a sa part de mesquinerie. J'aimais observer sa radinerie du quotidien et sa générosité d'apparat. Bonne-Maman ne mangeait rien à la maison mais dévorait au restaurant. Elle faisait des manières à l'addition. Elle veillait tout autant à payer qu'à s'en faire rendre grâce. À Noël venait la cérémonie des chèques : elle se faisait un devoir de faire un don de 100 francs à chacun de ses petits-enfants, puis un devoir de leur demander plusieurs fois de la remercier. Une générosité autocentrée.

Il m'apparut bientôt que ma grand-mère était toute gonflée d'ego. La légende voulait que ses premiers mots aient été : « *Anch'io !* », traduisez : « Moi aussi ! » Cela n'étonnait guère. Bonne-Maman avait beaucoup voyagé : il lui était donc acquis qu'elle avait tout vu, tout fait. « Tu vas à Mexico ? Je connais bien. Tu vas à Djakarta ? Je connais bien. Tu vas à Conflans-en-Jarnisy ? Je connais bien. » Si je l'avais connu à l'époque, le mot « rodomontade » lui aurait sied à merveille. Une vantardise de général. Elle ne relatait pas ses déplacements, ne disait rien de ses rencontres ; elle glissait les noms célèbres discrètement dans sa phrase, l'air ingénu. Savait-elle seulement ce que je pensais de ses sommités assommantes ? Je n'en connaissais rien, et cela m'allait bien. Pierre Messmer ? Ça fait mémère.

Eisenhower ? On dirait un nom de ponceuse électrique. Au fil des années, sa mémoire fléchit. Pour autant, il s'agissait de ne pas faire défaut dans l'échange. Cette mémoire se pâmerait de vide. Bonne-Maman inventait, avec sang-froid. Oui, Jean-Paul II était venu la rencontrer dans son appartement du neuvième étage. Oui, elle avait plusieurs fois remplacé au pied levé « cette pauvre Yvonne » lors de réceptions officielles à l'Élysée. La première dame « n'aimait pas recevoir. Charles m'appelait ». Cette histoire évolua, prit d'autres détours insolites. Sans y penser, Bonne-Maman réactualisait. Oui, elle avait plusieurs fois remplacé au pied levé « cette pauvre Bernadette » lors de réceptions officielles à l'Élysée. La première dame « n'aimait pas recevoir. Jacques m'appelait ». J'aimais le ton de faveur avec lequel elle racontait. On l'aurait presque vue raccrocher le téléphone et pousser un soupir, se traîner jusqu'au dressing et choisir, encore, une robe de gala. Les deux versions étaient tout aussi fausses. La gaullienne passait toutefois bien mieux auprès de ses invités. Elle mélangeait le vrai et le faux avec finesse. Et répétait une même phrase en début et en fin d'intervention, pour se donner plus d'aplomb. Ou se convaincre elle-même. « Jacques-Yves Cousteau a longtemps été amoureux de moi. Nous l'avons rencontré avec son épouse Simone au début de notre mariage. Ils étaient nos voisins. Oui, c'étaient des amis. Les Cousteau n'avaient pas de baignoire chez eux. Jacques-Yves venait faire ses essais de scaphandre dans la nôtre. Mon mari ne l'estimait pas beaucoup. Il le prenait pour un imposteur. Il disait que Jacques-Yves s'était contenté de reprendre les découvertes de son mentor, le commandant Le Prieur. Moi je les aimais bien. Bien sûr, Jacques-Yves ne me l'a jamais avoué. Secrètement, il m'aimait. Parfaitement, Cousteau était amoureux de moi. » Elle serrait les dents, on entendait son dentier bouger dans sa mâchoire. L'interlocuteur n'oserait pas la contredire. Bonne-Maman était grevée de ses ambitions passées.

Elle ne s'abaissait pas, d'ailleurs, à aimer ou haïr. Les êtres et les objets se prédestinaient par rapport à elle. « Les animaux m'adorent », « Les enfants m'affectionnent », « Le chocolat me va bien ». Suprême élégance et suprême égotisme.

Nous la laissions parler. Elle disait avoir eu une belle vie, cela suffisait. Tous les vieux n'ont pas la chance de vivre leurs dernières années dans un sentiment de toute-puissance. La vie n'est pas ce qu'on a vécu, mais ce dont on se souvient. Elle se souvenait plus que ce qu'elle n'avait vécu. C'était bien.

Je me rappelle parfaitement la première fois où j'ai entendu ma grand-mère parler toute seule. Je devais avoir huit ans, peut-être neuf. Après un « cambriolage ». Le mot sonnait bien. Il semblait empreint de fantaisie. Cabriole. Presque de magie. Bonne-Maman était en robe de chambre ce matin-là. C'étaient les vacances. Le vase du rez-de-chaussée avait « disparu », « évaporé », « envolé ». C'était une attaque, mais une attaque plus que matérielle. C'était un vol neuronal. Une part de cerveau avait été dérobée à ma grand-mère. Elle marmonnait, elle ressassait. « Les salauds… Les salauds… » Une brèche encéphalique avait été ouverte ; l'âge s'y engouffrerait. Jusque-là, Alzheimer pour moi était une maladie baroque. C'était cette grand-tante maquillée comme un camion volé et une jupe « ras la fouffe », comme disaient mes cousines sans que j'en comprenne le sens. Alzheimer, c'était cette amie des grands-parents visitée en famille, qui me disait : « Vous êtes une bien jolie jeune fille », en me servant à boire un grand verre d'huile d'olive. C'était une déficience rococo, une décrépitude clownesque. Bien sûr, Bonne-Maman devint clown aussi. Ce dîner de mariage au Sporting Club de Monaco où elle avait omis de mettre une robe sous son manteau de fourrure. Elle n'était pas clown gai, plutôt amer bouffon.

Nous l'accompagnerions d'un regard bienveillant. Mon frère lui faisait la conversation en italien. Toujours les mêmes conversations. Le soir, j'entendais ses talons à travers la cloison qui séparait nos chambres. Je l'entendais ouvrir son cabinet de toilette dissimulé dans un mur. Un placard à lavabo, argument qui avait dû séduire la bourgeoise à l'achat, grand classique des riches appartements dotés des commodités modernes. Je l'entendais enlever ses dents. J'appris à l'écouter chanter tous les soirs *Santa Lucia*, parce que cela lui faisait plaisir. La pauvre Lucie n'en avait pas demandé autant. C'était une prière à Dieu plus qu'à la jeune martyre. En y repensant, les paroles n'avaient rien de religieux. On entendait plutôt un chant napolitain. « *Sul mare luccica l'astro d'argento, / Placida è l'onda, prospero è il vento, / Venite all'agile barchetta mia, / Santa Lucia, Santa Lucia.* » Cette complainte était un réflexe d'angoisse face à l'oubli. Il fallait la fredonner pour se rappeler qu'on arrivait à se rappeler.

Quand je rentrais de l'école, elle tremblait quelquefois. Abandonnant sa grandeur pour redevenir fillette. Quand se hérissait notre chat, je savais qu'elle avait dû faire une « bêtise ». Faire exploser le micro-ondes en réchauffant son café. Se faire mordre par la chienne pour avoir tiré sur sa queue, voulant la caresser et se prouver l'adoration animale à son égard. Aujourd'hui ne me reste nulle trace des scènes entières mais de mon incrédulité. Je devenais adulte, elle ne l'était plus. Je grandissais, elle rapetissait.

Se moquait-on ? Je ne crois pas. Étrangement, j'adorais la voir inversée. Elle était mieux à côté de ses pompes vernies que dedans. Elle devenait... humaine. Je ne saurais l'admettre, mais elle m'attendrissait. Elle créait une gestuelle, une belle incongruité dans notre quotidien. Les repas étaient une fête. Elle répétait ses scènes d'anthologie. Comme pour ses yaourts préférés. « Ces desserts sont délicieux. Ils sont nouveaux ? Non ? Vous en rachèterez, hein ? Vous n'oublierez pas. » Sans accorder sa confiance, elle glissait subrepticement le pot dans son corsage, pour se rappeler. Nous tentions de ne pas rire. Je me disais qu'elle devait être la véritable inventrice du corsage Gaultier. Le repas terminé, elle se levait dignement, la poitrine toute bosselée, et filait droit cacher son butin dans sa penderie. Quand elle était sortie, on allait voir le nombre de pots cachés parmi ses gaines. La Mamma les enlevait. Bonne-Maman regarnirait bientôt l'étagère. Le grand âge relève de l'ébriété permanente.

Que pensait-elle de moi ? Rien, sans aucun doute. Tout au plus avait-elle la fierté d'avoir su engendrer une large famille. Peut-être la fierté de sentir cette famille rassemblée autour d'elle. Vieille folle, crois-tu seulement que nous avions souhaité cela ? Vivre ici et comme ça ? Sous ton aura de naphtaline ? Tout était la faute du Babbo. Même toi tu le savais sans vouloir te l'avouer. Tu jouais ton rôle, comme nous tous. Sans un baiser, sauf quand la Mamma nous en faisait. Il ne fallait pas être en reste. Tu nous tenais en respect pour ne pas te brouiller avec ta fille.

Le Babbo lui était redevable. Elle avait accepté d'accueillir sa couvée. Il ne pouvait que l'en remercier. Mais elle demeurait une belle-mère. Chaque fin d'après-midi, dès que le soleil tombait, elle fermait un à un tous les volets de son grand appartement. Chaque fin d'après-midi, dès que le soleil tombait, le Babbo hurlait : « Elle ferme le tombeau. » Il se sentait mourir un peu plus que d'habitude. Elle faisait semblant de ne pas comprendre. « Quand il n'y a plus de soleil, c'est la nuit, disait-elle. Savez-vous combien de fois je fus cambriolée ? Sept fois ! Entendez-vous ? Sept fois ! » Elle et ses obsessions. Lui et ses obsessions. En vérité, Bonne-Maman n'avait jamais aimé son gendre. Avant même toute considération personnelle, avant même toute divergence de caractère. Il portait un vice intrinsèque, une difformité sociale : il avait l'immense tare d'être un homme divorcé. Père de famille de surcroît. La veille du mariage, elle avait dit à la Mamma :

« Cet homme sera ta croix. Tu le traîneras toute ta vie derrière toi. » Le lendemain, elle ne fut pas des épousailles. Nulle métamorphose du Babbo n'y pourrait rien changer. Lui ignorait tout de cette ancienne confidence. Peut-être seulement la pressentait-il. Peut-être Bonne-Maman n'avait-elle pas eu tout à fait tort. Une juste intuition dans un écrin sévère. Avec le temps, c'est ce que la Mamma finissait par penser. « Ma mère me l'avait dit... » Pourquoi me l'avait-elle confié ? On ne devrait jamais être l'ami de ses enfants.

J'avais fini par comprendre que Bonne-Maman ne serait jamais l'oracle que j'avais espéré. Les vieux, on voudrait les voir familiers de la sagesse du monde, des mystères insondables de la nature. Bonne-Maman n'était pas la Pythie. La nuit, après avoir chanté *Santa Lucia*, je l'entendais encore à travers la cloison. Elle blablatait en italien, puis gémissait. Elle ne murmurait pas, elle ne se cachait pas. Son corps la poussait à faire. Était-ce un cauchemar ? Sous ma couette, je l'espérais pour elle. Je crains pourtant qu'elle n'ait été bien éveillée. Dans ces heures obscures, elle s'adressait aux défunts, leur demandait le courage d'affronter le matin. Un autre matin. Un autre matin. La force de trouver du sens. Elle leur disait qu'elle attendait la mort et que c'était long. Elle leur disait qu'elle voulait être morte sans avoir à mourir.

Parfois, la Mamma venait taper à sa porte. La border. Bonne-Maman disait : « Tu ne m'abandonnes pas, hein ? » Elle laissait tomber ses défenses.

C'est fragile un vieux à l'intérieur. Ça se brise facilement. L'effroi de la solitude le rend vulnérable, presque chétif. Il se recroqueville.

C'est agile aussi un vieux. Il met dans sa supplique ce qu'il faut de dramaturgie inquiète. Des élans affectés. Des phrases qui portent loin.

C'est triste un vieux qui a peur.

Pour l'adolescent duveteux, la mort importe moins que ses boutons. Question de priorité. Dans sa vie, l'acmé c'est l'acné. La mort, il laisse ça à qui de droit. La question ne se pose même pas. Quoi le dernier souffle ? Pourquoi tu flippes ? Après la mort, ce ne sera pas pire qu'avant la naissance. Lui veut vivre avant toute chose. *Je voudrais pas crever / Sans avoir mis mon zobe / Dans des coinstots bizarres.* Mourir de vivre, et non mourir d'être. À peine redoute-t-il une fin macabre. Moi il m'importait seulement de ne pas clamser avec un collet rouge. Je fais souvent ce rêve funèbre, je suis un artiste contemporain, mon installation est un long rectangle blanc baigné de lumière, on entre par une des extrémités, on y est aveuglé, le visiteur avance, perçoit peu à peu sur la paroi d'en face une silhouette floue, il s'approche, bientôt il saisit qu'est projetée sur ce mur une image de pendu. Il s'approche encore, le flou se fait plus net, il y est presque, ça y est, il va voir, il découvre le visage du supplicié : c'est le sien. Lorsqu'il comprend, il est trop tard. Il ne peut reculer. Une trappe s'ouvre sous ses pieds.

Quand Bonne-Maman mourut, je me rendis dans le sud de la France. Elle avait eu l'ultime politesse de s'éteindre au soleil. Dans sa chambre aux volets clos, sur les ressorts mous de son lit. La Mamma était accrochée à son cou. Il se disait qu'elle avait dormi la nuit dernière près de la dépouille. Roulée en fœtus. J'avais peur qu'elle ne lui efface son maquillage, sa peinture. Bonne-Maman ressemblait à une mauvaise statue de cire de Bonne-Maman. Une expression inhabituelle de calme. Une coloration inhabituelle de soufre. Le pathos de l'assemblée me donnait envie de pouffer. En le regardant bien, un mort a l'air d'un singe. La peau tirée, les traits creusés, les mandibules boursouflées. Le recueillement m'agaçait. Les embrassades des proches puaient. Qu'avait-il celui-là à feindre la surprise ? Quatre-vingt-treize ans, bonhomme, cela doit faire des années que tu attends ce jour. Et toi, bécasse, d'où te viennent ces égards inopinés ? Ils sont aussi réels que tardifs. Alors prendre le contre-pied est une obligation, presque un mode de vie. Je me sondais, je me faisais de faux calculs. Pas si benoîtement, je m'obligeais à me demander si j'avais moins ou plus de peine qu'à la mort de Musclor. Égalité, oui, égalité. Musclor était notre lapin, élevé sur le balcon de notre salle à manger, et qui ne manquait jamais de tirer un sursaut à nos invités lorsqu'ils apercevaient deux oreilles blanches faire des sauts derrière la vitre. Le Babbo avait juré de l'enterrer quand son dernier jour viendrait. Musclor mourut de sa belle mort. Il finit dans une benne.

Pourtant, j'avais pleuré à la sortie de la messe, devant le cercueil de la petite grande dame. Pleuré de perdre ma jeunesse et son exquise dinguerie.

*

Est-ce l'eau qui me fait rêvasser ? Le trou dans la capote s'est encore agrandi. Mes cheveux sont des boucles. Le Babbo se marre toujours. Il aime l'aventure. L'imprévu comme guide, la tuile comme credo. Dans ses bons jours, il ne s'en cachait pas, et avait même rédigé sa propre devise qu'il déclamait non sans humour. « Tout va bien, au secours. » Il se moque de moi sous ma serviette. « Tout va bien, au secours. » Je lève les bras, j'exsude de pluie et de sueur, j'essaie de retenir les gouttes avec les mains. Peine perdue. Je n'ai pas le loisir de regarder le compteur. Je remarque à peine que le Babbo s'est lancé à vive allure pour arriver plus vite. C'est quand le moteur lâche que je comprends. Le Babbo ne se marre plus. On entend des glouglous sous le capot. Les gouttes sur la carlingue s'évaporent d'un pchhhh. Ça fume maintenant. Où sommes-nous ? On dirait la forêt de Fontainebleau. On se gare sur le bas-côté. Mon père, c'est sa place naturelle, le bas-côté. Il en est de Choupette comme de lui. On croit que ça va tenir, et ça ne tient pas. Il est sorti voir, il relève le couvercle. Il rentre, il est trempé. Je lui tends ma serviette. Il ne connaît rien en mécanique. On attend que ça refroidisse. En silence. On écoute le vacarme du grain. Le Babbo réfléchit. Quand il met la clé dans le contact, on se tait comme pour aider la Fiat à démarrer. On pousse avec elle. Elle renâcle. Elle renifle. Elle se soumet enfin. Elle accepte timidement. La première. Elle n'accepte que la première. On roulera au pas. « On ne pourra pas rentrer comme ça. Faut une solution. Tu crois qu'on s'arrête chez Marraine ? » Il propose. Marraine, ce n'est pas ma marraine. C'est la veuve du parrain de mon frère. Elle n'habite pas très loin. Ok. On se traîne jusque Marraine. On décortique les bleds, on a le temps de regarder. Y en a des tas. Leurs noms sont sobres, je suis déçu. J'aime les villages louches ou salaces. Bouray-sur-Juine, Jouy-le-Moutier... Derrière la pluie, je commence à remettre le paysage. Comme les enfants, je ne connais jamais la route des endroits familiers. Seulement des détails de parcours. Une enseigne colorée, une maison biscornue, qui me disent qu'on approche. J'aperçois le pavillon en haut d'une colline. Un petit pavillon dépourvu d'autre caractère que celui de ses fêlures. On sonne. Marraine est là. Elle est toujours là. Quatre-vingt-huit ans, elle a. Et trois chiens. On ne sait plus si ce sont les siens ou ceux des voisins qui se débarrassent des leurs ici. On lui explique pour la Fiat. Elle est contente de nous voir. Ça lui fait une visite. A-t-on déjeuné ? Avec tout ça, non. On s'excuse de la déranger, elle est ravie. Elle veut nous faire manger. On dit non ça va. On pense oui merci. Elle insiste. Elle sort une nappe vichy. La même que dans son resto. C'est autour de cette nappe qu'ils se sont rencontrés. Elle tenait le café de Montmartre en bas de l'immeuble des parents. Au Soleil de la Butte. Leur premier appartement, sous les toits. Marraine était la patronne du quartier. Une maîtresse femme. Les clés de tout le monde dans son tiroir. Les copains habitaient tous dans les parages. Parrain, lui, lisait le journal et faisait les comptes. C'est elle qui portait la culotte. Comme on dit. J'ai pas connu. Mais je connais la chanson de Delpech, *Chez Laurette*. C'est l'idée que je m'en fais.

Elle sort des radis et du beurre. On dévore. Elle sort des serviettes en tissu. Jamais des serviettes en papier, elle n'aime pas. Même au resto, elle apporte les siennes. Elle a mis un couvert en rab. Le couvert du pauvre. Elle nous appelle « mes gosses ». Ça lui plaît à mon père. On est loin de Bonne-Maman et des élites mitées. Ici, c'est notre refuge populaire. Quand il la regarde, le Babbo, je le soupçonne d'y guetter sa mère partie trop tôt. Oh, Marraine n'est pas Henriette, elle n'en a pas l'instruction, mais elle recèle une simplicité qui le renvoie à l'origine. Ici, il ne sert à rien de se guinder. Ici, il se repose ; pas besoin de séduction ou de tours de passe-passe. Marraine s'est construit une vieillesse amidonnée, mais une vieillesse douillette. Chaque chose « à sa place ». Elle dit qu'elle n'y voit plus grand-chose et que ça l'aide à ne pas tâtonner. Je crois qu'elle devient aveugle. Est-ce parce qu'elle devient aveugle qu'elle met aux murs des aplats de couleurs sourdes ? Elle se recrée un monde à huis clos. Non, en vase clos. Oui, en aquarium. Dans des cadres, découpés dans *Télé 7 Jours*, Lady Di, Tabarly et un bichon gris. D'autres images figées, glacées, souriantes, des enfants souriants, des madames souriantes, des chiens souriants. Des sourires confits. Pour masquer l'absence. Ça ne masque rien. Ça marque. Ça marque l'absence de vie. Elle n'a pas eu d'enfant. Parrain n'en voulait pas. Alors elle se contente de sa caverne aux gadgets. À l'exotisme frelaté. Lampe à pétrole des années vingt, tourne-disque, faux papyrus véritable, fleurs en papier, bougie sculptée en forme d'arbre qui parle, photos de bébés du voisinage, napperons, fer à cheval, main rouge en porcelaine, reproduction d'icône byzantine, petit drapeau américain, aquarelles ? peintures à l'huile ? (une forêt, un fleuve, un bateau, des abricots, une sarcelle, une palmeraie), téléphone à grosses touches, neuf vases vides, poupées russes, pomme de pin, carte de vœux « Bonne année 1988 », animal en verre soufflé, était-ce un cheval, herbier, chaussons de baptême remplis de coton, dents de lait, papillons sous verre, muguet séché, trois coucous suisses, fèves de galette royale, mosaïque portugaise, médaille cuivrée de Paul-Émile Victor, du corail, hibou en bois, photos de ma famille, chien westie en plastique, thermomètre, cure-dents, pietà miniature, ombrelles de dessert, théière de collection, peluches, calendrier des Postes avec chatons, douze horloges, trois miroirs, six assiettes peintes, photo agrandie de mon chat encadrée, pressoir miniature, canard en osier, tableau en fourrure, rubans de cadeaux, boules de Noël, quatre chandeliers, cinq brocs en métal de taille décroissante, masque africain, coussin imprimé d'une photo de scottish, horoscope Sagittaire, poème sur l'amitié, faire-part de naissance, estampe japonaise, trois paniers tressés, pot chinois, cactus, bâtons d'encens, *Les Glaneuses* de Millet brodé, boule à neige, deux statuettes antiques en plâtre. Pas ou peu de livres. Quelques Robert Merle, quelques recueils de Coluche. J'aime son intérieur et ses colifichets.

Le Babbo lui raconte le périple. Son périple. Le sien ne ressemble pas au mien. Elle l'écoute et me mate en diagonale. Comme tous les aveugles, elle voit tout. À mi-voix, elle me fait « tut-tut ». Elle a senti que j'avais croisé les jambes sous la table. Interdiction, ça noue l'estomac. Elle a ce bon sens paysan, ses recettes de santé à elle. Elle n'a pas toujours été patronne de bar. Précédemment, elle avait été serveuse. C'est comme ça qu'elle avait rencontré Parrain. Ses parents à lui étaient instituteurs. Pour elle, c'était un synonyme d'aristocrates. Précédemment, elle avait fui son Alsace natale à vingt ans. Elle s'était aperçue que sa mère ne l'aimait pas, sans savoir pourquoi. Précédemment, elle avait eu six frères et sœurs. Elle n'a jamais cherché à les revoir, sans savoir pourquoi. Précédemment, elle était née de père boulanger. Précédemment, elle était née dans la farine. Je décroise les jambes.

Je fronce les sourcils et je louche pour faire la canaille. « S'il y a un coup de vent, tu resteras comme ça », rétorque-t-elle. Elle voit tout, elle voit tout.

Elle me prend la main, donne une petite pression complice dessus. Je regarde ses doigts. Ce sont ses mains qui disent l'âge d'une femme. Les siennes ont vécu. Elles ont travaillé d'elles-mêmes. L'annulaire et l'auriculaire semblent soudés par l'arthrose. La peau s'affine d'année en année. On voit les veines pousser, tisser leurs lianes. C'est hypnotique la végétalisation d'une main.

Je ne les écoute plus.

La fin d'après-midi se passe. Marraine et sa sieste. La Babbo et sa voiture. Il ne veut pas d'aide. Je sais ce que je vais faire. Je prends mon sac. Je sens la couverture du livre derrière le tissu. Je le sors délicatement. Je le colle contre moi. Ce livre annoté de sa main. Le meilleur moment de la lecture est celui où je me dis que je vais lire. Lire partout, tout le temps. Un espace de liberté et de ressourcement. Et pour nous autres, phrasophages, le mieux, c'est encore… les fesses à l'air. Je file m'enfermer aux toilettes. Le Babbo fait souvent pareil. Henry Miller a écrit des pages poilantes sur la lecture aux cabinets.

« *Qu'est-ce que tu fais là-dedans,* chérie ?

– *Je lis.*

– Quoi, *si je ne suis pas indiscret ?*

– *Quelque chose sur la bataille de la Marne. (Faites comme si cela ne vous surprenait pas. Continuez !)*

– *Je me disais que tu étais peut-être en train de potasser ton espagnol ?*

– *Qu'est-ce que tu dis, chéri ?*

– *Je disais... est-ce que c'est bien raconté ?*

– *Non, c'est assommant.*

– *Je vais te chercher autre chose.*

– *Qu'est-ce que tu dis, chéri ?*

– *Je disais... est-ce que tu veux quelque chose de frais à boire pendant que tu es plongée dans ton machin ?*

– *Quel machin ?*

– *La bataille de la Marne.*

– *Oh, je l'ai pas fini, ça. Je suis sur autre chose maintenant.*

– Chérie, *est-ce que tu as besoin d'ouvrages de référence ?*

[...]

– *Mon* amour, *ce que je cherche surtout c'est la paix et la tranquillité.* »

Ces heures passées sur nos trônes de plastique tatouaient nos derrières des escarres du savoir. Écarlates meurtrissures. Le cul cerise. Plus passionnante était l'intrigue plus nous virions au bleu. Le sang quittait ces molles régions pour venir irriguer notre cervelle active. Empreintes éprises de sagesse. La culture fait mal aux fesses.

On lit avec son corps. On ingurgite et on expulse.

Je n'avais pas encore pensé que l'on puisse lire ce livre cul nu. Où êtes-vous ? Dans quel environnement ? Dans quelle situation ? Le canapé, le bus, le lit, le métro ? Que se passe-t-il autour de vous ? À quel moment fermez-vous le bouquin ? Au milieu d'une phrase ? Je culpabilise toujours de caler au milieu d'un paragraphe que l'auteur a mis des semaines à mettre en forme. Désolé, mec, j'ai des pâtes sur le feu. On le reprend par un bout : qu'est-ce qu'il racontait au fait ? On a tort de vous imaginer assis dans un confortable fauteuil, concentré, en parfaite empathie de la première à la dernière ligne. Vous vous résumez un chapitre en une phrase. Mieux, le livre entier. « Bon, ben là, il arrive pas à parler à son père. » *Dix petits nègres* : c'est des gars sur une île qui se font buter les uns après les autres. *Le Rouge et le Noir* : c'est un jeune pedzouille qui veut troncher une MILF BCBG, et puis plus.

La jaunasserie juste éclose des pages. Déjà ouvertes, sitôt fanées.

Je prends le livre en main. Je l'ausculte. Une marque de verre sur la quatrième de couverture. Je l'ouvre. Je n'ai même pas prêté attention au titre. Un Delerm je crois. Sur la première page, blanche, le Babbo a écrit : « Tout passe si vite ma chère (même si c'est bon). » Dès le premier chapitre, il note dans les marges toutes ses impressions de lecture. Il fait des commentaires (« Superbe » plusieurs fois, « DIEU QUE C'EST VRAI », « Ah les petits plaisirs » plusieurs fois, « Encore ! », « J'aime pas »). Il inscrit son ressenti. Il souligne des mots, des expressions. On devine très vite ses obsessions, celles qu'il colle au texte. L'enfance surtout. Il a entouré le mot « enfant ». À côté, il a écrit « un meilleur soi ». Pense-t-il à lui ? Pense-t-il à moi ? Bientôt je ne peux plus lire qu'en double lecture. J'accompagne moins Delerm que le Babbo. Delerm, j'm'en fous. Delerm donne un sens qui le surpasse. On se détache des lignes, on attend le soulignage, le surlignage. Ces plages douces entre les mots. On attend d'une patience ronde. Dans un chapitre sur l'alcool, le Babbo a entouré trois fois « Chaque gorgée est un mensonge ».

Je finis par oublier l'imprimé. Je vais directement à ses pensées. À qui les adresse-t-il ? Y a-t-il un message pour moi ? On dirait un best-of de Confucius. Ou des haïkus. Ses phrases acquièrent une vie indépendante de leur support.

Ça vaut la peine de se tromper
Pour que ce soit encore meilleur

bordel la vie à faire
ou ce qu'il en reste
elle est devant

Que le péché est beau. Ce peut être une œuvre d'art.

Le désœuvrement est mauvais si tu as des comptes à régler avec ton passé. J'en sais quelque chose.

C'est terrible
On s'aime pour oublier la première fois où l'on s'est aimé
Ou pour essayer en vain de la retrouver
C'EST PAS PIRE
C'EST DIFFÉRENT

Croiser sans arrêt des inconnus que tu ne connaissais pas et que tu vas oublier est toujours pour moi une angoisse.

Bonheur fugace
Et si fragile
Et pourquoi pas transformer le rêve en réalité.
TOUT RESTE À FAIRE !
On a à peine effleuré le monde
l'homme
« Dieu »

Je ressors de ma cachette. Je glisse l'ouvrage à nouveau dans mon sac. Je m'en laisse envahir sur un sofa. Le Babbo n'a rien pu réparer. Je parle de la voiture, bien sûr. Nous dormirons là avant de trouver un garage. Au dîner, Marraine relate ses immortelles histoires de voisinage. Gilberte et Albertine, ses commères annexes qui viennent prendre leur Suze devant Julien Lepers. Les chiens connaissent le générique de fin. Ils aboient quand la musique retentit. Ils savent que c'est l'heure pour Gilberte et Albertine de partir. Les trois bougresses aigrelettes s'entraident au quotidien, tout en scrutant leurs petites déchéances respectives. Ça leur permet de tenir. J'écoute. Le vin rouge me monte à la tête. Je regarde le Babbo, l'œil frais de mes découvertes. J'amalgame l'eau et le rouge. Pour durer. Je ressers Marraine pour avoir moins le sentiment d'être saoul. Ils parlent vaguement de politique. Marraine tenait un bistro, elle vote comme on picole. Elle a le racisme ordinaire, ce cliché des cafetiers d'autrefois. Par provocation, je tente quelques incartades sociales, qui n'ont pas l'heur de lui plaire. Moi je préfère quand elle me parle de sa jeunesse, qu'elle me dit : « Je vais te raconter quelque chose », avec une pause. Ou plutôt une blanche pointée – la phrase résonne toujours un peu. C'est quand elle me dit ça que je préfère. Ce soir, elle ne dit pas. Nous sommes tous les trois fatigués. La Mamma n'est pas là, alors il y a des silences. On ne s'oblige pas à les combler. Moi j'aime ces secondes où tout le monde cherche une idée. On aimerait rebondir mais on ne s'y force pas. Si ça vient, ça vient. À un moment, le Babbo va taper dans ses mains, puis les frotter l'une contre l'autre. Il dira : « Allez, mes enfants. » Et nous nous lèverons pour aller nous coucher.

Marraine a préparé notre chambre à l'étage. Je retrouve mon lit d'enfant sous la charpente. Par réflexe, je touche le matelas. Dans le temps, une alèse en plastique me faisait passer des nuits sonores. Interdiction de l'enlever, en cas de petit accident. Mon père prend le lit d'en face. J'allume le vieux poste de télévision pour ne pas faire peser sur nous une trop grande intimité. J'ai aimé le moment que j'ai passé avec lui cet après-midi. Quand il n'était pas là. J'étais seul avec ses doutes.

« Tu aurais pu faire un effort, ce soir. Pour participer un peu plus quand même. » Le Babbo rognonne. Non, pas maintenant… Pas justement maintenant. Pas au moment où je sens que je peux te comprendre. Il commence à maugréer. Il me fait des reproches opportuns. Je le sais. Je regarde la télé sans y penser. Il ne gronde pas. Il fait attention de ne pas allumer la mèche. Je sens qu'il a peur de m'affronter. Il a peur de moi. Tant mieux.

J'ai envie de saisir ce prétexte pour lui sauter à la gorge. Sais-tu seulement pourquoi je suis comme ça ? Mais vas-y, connard, tu sais le faire, gueuler ! Je t'ai vu tellement de fois. Pas après moi, c'est sûr.

Je lui dis : « Ta gueule. » Pour voir.

Lui à peine surpris. Presque épuisé d'avance. Moi pas si jobard, mais je ne montre rien. « Ne commence pas », il dit. Vas-y, coagule. Regarde, moi je suis rouge comme un cul giflé. Petit fagotin de merde. Viens dans l'arène qu'on s'amuse. Tu peux me balayer. Pas moi et mes bras fil de fer. Uppercute-moi. Frappe-moi de ton amour. Accorde tes poings. Apprends-moi le métier d'homme.

Ah tu ne veux pas jouer ? Je sors un as véreux de ma manche :

« Pourquoi t'as jamais fait de prison ?

– Petit con. »

Le dédain se peint sur sa face. C'est mieux.

Il se tait. Il ne veut pas de ces colères où l'on parle à côté de soi. Il sait peut-être que ce n'est pas ça que je voulais lui dire. Tu sais ce que je voudrais te dire. Je voudrais te rappeler qu'elle a versé sur moi toutes les lames de ton corps. Je voudrais te rappeler le poids du mensonge. *Coincidence makes sense only with you.* Je voudrais te rappeler toutes ces choses que tu nies. Que tu nies. Viens, on va danser un peu. Danser comme des singes. Il ne bouge pas, il est flapi. La guerre n'aura pas lieu.

Moi j'ai le courroux formicant. Entre deux passes d'âme, j'me casse. J'me trisse. Trop de tension. Je m'enferme aux toilettes. Je me suis fait violence, pour rien. Je n'ai jamais su gérer un conflit ouvert. Toujours je refuse. Pour m'isoler, je me barricade dans des odeurs de pot-pourri. Beaucoup de cinéastes font ça. Klapisch le fait. Ozu prétendait même que tous les réalisateurs ont un problème avec les cabinets. On va toujours se réfugier dans une petite pièce, jamais dans un grand salon. Cherche-t-on un cocon ? Pourquoi ce cocon est-il souvent carrelé ? C'est là où la douleur tinte. Ce n'est pas glorieux à revendiquer, la fuite comme éducation. Pour varier les plaisirs, il m'arrivait de m'asseoir sur le toit de notre immeuble, son revêtement goudronné et mou. Je m'efforçais d'observer au plus loin. Et de ne faire que ça.

De rage d'être au monde, je me branle. J'expulse cette lignée que je ne veux pas faire naître. Sans fantasme, sans représentation sexuelle. Pour le vertige de l'instant, la torpeur qui s'ensuit, l'apaisement qui étreint, qui tiraille. La culpabilité qui coule contre la cuisse.

Panthéon V

Je n'ai jamais cessé d'agrandir le cercle. En ce moment, je m'intéresse à deux types. Faudrait vraiment que j'écrive un bouquin. *Panégyrique de la lose,* ça s'appellerait. Les gars : Patrick Livingston et Bruce Ellavsky. Agents du FBI. On est en 1976. Miami. Au début, ça commence comme un bon film de genre. C'est après que ça se gâte. Bruce est grand, du genre beau gosse. Gravure de mode. Son nom d'emprunt sera Bruce Wakerly. Patrick, lui, rien à voir. Petit, presque chauve, les jambes arquées, il zozote. Un pur produit de la maison. Engagé comme assistant au bureau de Dade County dès sa sortie du lycée. Excellent élément, travailleur, malin, dur à cuire. Trente mois durant, il sera Pat Salamone.

Les deux compères doivent jouer les acheteurs de cassettes de cul à grande échelle. Infiltrés dans le X. Code de la mission : MiPorn, pour « Miami Pornography ». « *Smut peddlers* » en herbe.

« Colporteurs d'obscénité ». Pendant des semaines, ils sont entraînés par un ancien du FBI qui connaît toutes les ficelles. Puis enfin : se lancer. Ils fondent Golde Coaste Specialities, Inc., dans un entrepôt près de l'aéroport de Miami. Pas mal de truands passeront visiter, sous l'œil des caméras et micros dont le bâtiment est truffé. Bientôt, pour plus de crédibilité, ils se domicilient aux îles Caïmans. Ils deviennent des « *dupers* », ceux qui fabriquent et vendent des copies illégales. Voyages d'une convention porno secrète à une autre. Vols First Class pour rencontrer le gratin. New York, Los Angeles, San Francisco, Las Vegas, Chicago, Pittsburgh, Minneapolis ou Providence. Même Hawaï, pour y approcher un réseau pédophile.

Les deux cadors vont vivre grand train, rouler en décapotable, porter chemisettes à fleurs et bagouzes en diamant, fréquenter les acteurs membrés, les filles obuïfiées, les fêtes déjantées. Presque personne n'est au courant à Washington. Les gros bonnets du business essaient de leur mettre dans les pattes des prostituées, comme une marque de faveur. Le cadeau n'est pas désintéressé : on pourra faire chanter l'un ou l'autre avec quelques clichés si les affaires tournent mal. Les gars résistent mais le FBI sort l'artillerie lourde : deux agents canon sont mandatées pour les escorter comme girl-friends aguicheuses.

Qui finance ? Essentiellement les grands distributeurs de cinéma « classique ». Car les réseaux de piratage et de revente illégale sont les mêmes que pour la fesse. En deux ans et demi, Bruce et Pat vont dépenser 500 000 dollars. La mission de départ ? On en est loin, elle devait durer six mois, budget modeste, 25 000. Mais les gus se prennent au jeu, et commencent à appâter de gros poissons de contrebande.

Le boulot est dangereux. Ils ne peuvent se permettre de porter de flingues. Vaut mieux pas se faire pincer. Le problème, c'est pas tellement la découverte de leurs identités. Y a pas un truand qui irait dézinguer un agent fédéral. Leur principale crainte : qu'on les prenne pour des indics. Bien sûr, c'est la mafia qui gère ce business. Les parrains de la pègre contrôlent déjà le milieu de la prostitution depuis des décennies. Alors, le porno, c'est une continuité légitime.

En avril 1978, « Salamone » et « Wakerly » se rendent à la convention de La Nouvelle-Orléans. Fairmont Hotel. Au restaurant, Rubin Gottesman, producteur X de Los Angeles, leur fait rencontrer Teddy Rothstein et son adjoint, Andre D'Apice, ancien dealer et usurier. Ils sont à la tête de Star Distributors à New York, le plus gros fournisseur de la côte Est. Un accord est trouvé : ils procureront à Golde Coaste des films 8 mm hardcore, des magazines et des cassettes vidéo. Mais Pat et Bruce comprennent bientôt que le véritable patron se nomme Robert « DiBi » DiBernardo. DiBi n'a aucune expérience dans le milieu de la turlute industrielle. Son créneau, c'est le trafic de voitures volées. Mais l'entrepreneur de Brooklyn a décidé de diversifier ses activités. Il vient de mettre du pognon dans Star Distributors. Le conglomérat pèse plusieurs millions de dollars. Librairies hot, cinémas, maisons d'édition dans le New Jersey, Maryland, Pennsylvanie, Ohio et Géorgie. Mais ce qui intéresse Robert dans le porno, ce n'est pas le porno. C'est l'immobilier. À New York, par exemple, il loue à leurs propriétaires des immeubles pour des baux de dix ans puis les sous-loue à divers oiseaux de nuit, patrons de librairie pour adultes, salons de massage, peep-shows. Le loyer, bien entendu, est à payer cash, 110 à 130 dollars la journée. Le double du tarif normal.

Robert DiBernardo a une double vie. Ses voisins de Long Island apprécient cet investisseur immobilier qui travaille à Manhattan. Ils envient sa maison, façon ranch, et sa Mercedes blanche. Le week-end, il joue même les entraîneurs pour la Little League Baseball. DiBi a un grand cœur, il aide aussi quelques amis à percer sur le marché de la côte Ouest : intimidations de fournisseurs indépendants, menaces et bastonnades.

Un mois plus tard, Pat et Bruce cramponnent un autre gros distributeur, à LA cette fois : Norman Arno. Un gars qui s'est fait un nom en piratant *Les Dents de la mer* et quelques gros succès *mainstream*. Le type est méfiant. Addict à la coke, très sale, vicieux et grossier. Il deviendra fou quelque temps plus tard. Son épouse, ex-pute d'Honolulu, décidant un matin d'installer leurs deux bambins dans la bagnole au garage, fenêtres ouvertes. Et de faire tourner le moteur.

Février 79, Pat et Bruce demandent à Gottesman une copie de *Debbie Does Dallas* pour l'exploiter. Une œuvre maîtresse du cinéma, au scénario d'une belle sophistication. Un groupe de pom-pom girls altruistes décide de vendre ses charmes aux élèves et professeurs de son bahut dans un but charitable, réunir assez d'argent pour permettre à leur copine de rejoindre le Texas. Un carton au box-office, grâce aux talents de la dénommée Bambi Woods. Réponse du pornographe californien : impossible. Il tient à sa vie. Les deux agents comprennent qu'ils viennent d'atteindre le sommet de la pyramide. Ce film, pas touche : Michael Zaffarano, alias « Mickey Z », ne l'entendrait pas de cette oreille. C'est un ancien garde du corps du parrain new-yorkais Joseph Bonanno et un associé du puissant Carmine Galante. Il a mis des sous dans la production du film. Mickey n'hésitera pas à montrer les muscles s'il pense que quelqu'un bootlègue ses œuvres. Les rumeurs les plus obscures courent sur l'armoire à glace. Ironie douloureuse, les pirates mafieux ne supportent pas qu'on flibuste leurs propres films.

Il faut coincer Zaffarano. Mais le boss est un parrain à l'ancienne. Posé et dangereux. On ne le croise pas comme ça. Pat décide de forcer la rencontre. Il saute dans un avion pour Times Square. Il connaît l'adresse du repaire. Un bureau près d'un établissement de Mickey, le Pussycat Theater, sur la 42e Rue. Ça va être coton, il va falloir ruser. Pat se pointe… et tombe sur lui dans le hall. Il le craint dès le premier regard. Le gars est balèze, l'allure menaçante. Déstabilisé par ce face-à-face soudain, Pat reste le plus vague possible et lance quelques noms de connaissances communes. Il joue son rôle. Mickey Z est ferré. Il fait rentrer l'agent dans son bureau. Pat croit la partie gagnée. D'un ton badin, il demande promptement si l'un de ses associés est vraiment allé en prison pour lui. Le visage de l'autre se crispe. « *Get out and never come around here again*[1]. » Livingston comprend qu'il est allé trop loin. Il se taille fissa, évite d'attendre l'ascenseur, dévale les escaliers. Malgré cet échec, les déclarations de Zaffarano durant leur entretien suffiront à le relier au réseau bientôt démantelé.

Le 14 février 1980, pour fêter la Saint-Valentin, quatre cents agents fédéraux procèdent à une cinquantaine d'arrestations dans seize villes du pays. Tableau de chasse. Perquisitions dans des cinémas pornos, entrepôts, magasins de détail, bureaux. Parmi les belles prises, Joseph C. Peraino. Un des mafieux derrière le succès de *Gorge profonde* en 72. Il prendra trois ans pour ses activités de pornographe. Mais pas de poursuite pour piratage, même si on découvre chez

1. « Casse-toi et ne reviens jamais par ici. »

lui du matériel professionnel de reproduction et une liste de films récents longue comme un spaghetti : *Kramer contre Kramer, Star Wars 1, Le Parrain 1* et *2*. D'autres, eux, seront coincés pour leurs copies de *Superman 2* ou *Rencontres du troisième type*. Ces malfrats devaient aimer les chiffres.

À New York, quand les officiers viennent cueillir Mickey Z, le vieux fait une crise cardiaque. Fatale. Cinquante-huit ans. Paraît qu'il avait tenté de filer par un passage secret sous le Pussycat Theater. Paraît qu'ils l'ont trouvé une bobine de film X dans les bras, prête à être détruite.

Qu'importe, Bruce et Pat ont largement réussi : prendre la main dans le sac les chefs, non plus seulement leurs intermédiaires. La main de Mme le juge de Fort Lauderdale est, elle, plutôt lourde sur les condamnations. La mort de Zaffarano crée aussi un vide de pouvoir dans le monde de la pornographie internationale.

Bruce Ellavsky est nommé à Boston. Il accédera très vite à un poste envié de superviseur au FBI. Mais pour Pat, le retour à la réalité semble impossible. Après avoir goûté à cette vie de plaisirs, Livingston pète les plombs. Il n'arrive pas à sortir de son personnage. Il ne répond plus aux appels téléphoniques de son équipe. Il manque de se battre avec un des protagonistes du procès. Il change de version, se montre évasif.

En novembre 81, alors qu'il vient d'être nommé dans le Kentucky, il se fait serrer par un vigile en train de voler un pull Dior à 150 boules dans un magasin de Louisville. Son fils de trois ans l'attend sur le parking dans sa voiture du FBI. À la police qui l'interroge, Livingston donne son nom : Pat Salamone. Il est devenu son identité d'emprunt. Il leur fournit même un faux permis de conduire. Pat prétendra plus tard que c'est le seul papier qu'il avait sur lui. Peine perdue : les policiers ont vidé ses poches, son vrai permis est bien dans l'une d'elles. Il en dira, Pat, des choses de lui-même : « Je savais que Livingston ne volerait jamais ces machins. Je savais que Livingston n'en avait pas besoin, mais que Salamone, lui, ferait un truc comme ça. »

La justice ordonne plusieurs expertises psychologiques. Les psychiatres se succèdent à la barre pour décrire sa « propension pathologique à mentir ». Le témoignage de son supérieur va plus loin. Mythomane oui, schizophrène d'accord, paranoïaque aussi : « Le sentiment de l'équipe qui a travaillé sur l'enquête, c'est que Livingston pense aujourd'hui qu'il est la seule personne qui puisse mener cette affaire à bien, qu'il doit être le seul à coordonner les efforts de tous. Il semble croire que les autres agents conspirent contre lui pour lui "retirer le dossier". Livingston a joué un rôle très convaincant pendant deux ans et demi. Il a démontré qu'il savait faire preuve d'une grande dextérité pour obtenir des confidences, et, bien sûr, il a pratiqué la duperie. Désormais, cela semble prendre le pas sur sa vie "normale", comme s'il voulait continuer à duper sa vraie personnalité, au moins sur de courtes périodes. » Pat est fini. Sa femme le quitte. Ses supérieurs le mettent au repos : *mental disability*. Il tentera plus tard de devenir opérateur technique, expert en détecteur de mensonge...

Son arrestation permit aux avocats de la pègre de faire tomber bien des accusations contre leurs clients. Et au marché des films de cul de reprendre de plus belle.

« Tu connais Pat Livingston ?

– Quoi ? C'est qui tous tes gars ? répond le Babbo.

– Non, rien, laisse tomber. »

Devant. Derrière

Ce jour-là, le Babbo descend les escaliers en bois au petit matin. Il essaie de ne pas faire de bruit. Il pèse son poids, il en fait du bruit.

Ce jour-là, un milliard de Chinois attendent la clôture du G8.

Ce jour-là, le président Hu Jintao téléphone. « Allô… Passez-moi Bush… Quoi ?… Dans le bain jusqu'au cou ? »

Ce jour-là, le Babbo prend une douche, se rase, se regarde dans la glace.

Ce jour-là, trois cents millions d'Américains attendent la clôture du G8.

Ce jour-là, le président Bush téléphone. « Allô… Passez-moi la reine Élisabeth… *What* ? La rougeole ?… À son âge ? »

Ce jour-là, le Babbo s'habille, des mêmes habits que la veille.

Ce jour-là, soixante millions de Britanniques attendent la clôture du G8.

Ce jour-là, le Babbo allume la radio. On y parle du G8, où l'on dit que se joue le sort du monde.

Ce jour-là, soixante-cinq millions de Français attendent la clôture du G8.

Ce jour-là, le président Sarkozy téléphone. « Allô… Passez-moi le président Jintao. Comment ? Une jaunisse ? »

Ce jour-là, le Babbo se dit que rien ne sortira de tout ça. Que trop de sourdes oreilles.

Il voit son fils descendre à son tour. Il a presque oublié les rancœurs de la veille.

Marraine l'a rejoint. Elle apporte du thé. « T'en veux, mon gamin ? » qu'elle me lance. Le Babbo aussi boit du thé. Je souris. Tous les matins de ma vie, j'ai imaginé que mon père buvait du thé. Sur le frigo, au réveil, il y avait toujours un verre posé. Je n'y prêtais attention que pour me demander pourquoi il n'utilisait pas de tasse. Quand je fus assez grand pour atteindre le verre, je compris. Ce n'était pas du thé. Mais du whisky.

Nous embrassons Marraine avant de la quitter. Elle a senti la tension, mais s'est bien gardée d'en dire mot. « Soyez prudents, mes hommes », crie-t-elle du seuil de sa maison à ses aventuriers. On la voit disparaître dans le rétroviseur.

Nous finirons la route le moteur dans les chaussettes, et un bout de tissu scotché sur la capote. On ira au garage en arrivant. On respire l'odeur d'après-la-pluie. On n'écoute plus la radio. On s'en tape du G8, de Roland-Garros et des législatives. Le Babbo avance au pas, il force sa nature. Des pointes à 30 kilomètres-heure. Il conduit avec les genoux. Il a l'air ailleurs. Il fait une route à lui. J'ai de la peine de le savoir ainsi.

En traversant ces villages de la grande couronne parisienne, j'ai lancé : « Tu penses à quoi ? » Tu m'as dit : « À mon frère. » Je ne sais rien de lui. J'ai laissé un silence et j'ai demandé : « Le prof ? » Tu m'as dit : « Avant ça. » Ces bourgs perdus te faisaient penser à ta jeunesse. Tu m'as parlé de ses vingt ans. Sans que je te le demande. Tu en avais dix-huit. De son année de prépa. De la guerre d'Algérie. Tu m'as demandé si je savais ce qu'était un porteur de valise. J'ai dit : « Je crois. » Tu m'as parlé du réseau qu'il avait intégré. Le réseau Jeanson. J'ai dit : « Ah oui », parce que ça me disait quelque chose. Tu m'as dit que ton frère visait l'École supérieure d'électricité. Qu'il était interne dans un grand lycée parisien. Délégué de classe. Tu m'as dit qu'il priait tous les soirs à la chapelle. Tu m'as dit qu'il était chrétien de gauche. Tu m'as dit qu'un jour, il était allé à Marseille, 18, rue de Tivoli. Il avait donné un mot de passe et un chiffre. Au fond de l'appartement, il avait trouvé deux hommes. Un métropolitain et un Algérien. Ils avaient compté des liasses devant lui. 37 millions de centimes. La « récolte » mensuelle du FLN méridional. Lui avait dû se racler les fonds de poche pour payer le supplément du *Mistral*. Tu m'as dit qu'ils lui avaient donné le tout. Et une enveloppe cachetée. Il avait repris le train gare Saint-Charles. À bord, il s'était aperçu qu'il était filé. La DST. Gare de Lyon, il pique un sprint. Il s'engouffre dans le métro Quai de la Rapée, change plusieurs fois de rame, plusieurs fois de ligne. Il sort à l'angle de la rue de Rivoli et de la place de la Concorde, et se dirige vers un taxi. Mais deux hommes le ceinturent et l'embarquent. De Tivoli à Rivoli, de l'espoir au crachoir. Tu m'as dit qu'il avait avoué après vingt-quatre heures au gril. Tu m'as dit qu'en réalité, après les cours, il avait trimbalé des listes de gens à abattre. Sans trop le savoir. L'enveloppe cachetée. Exécutions projetées de membres d'un mouvement rival, des fonctionnaires de police, des travailleurs algériens hostiles au FLN ou simplement réfractaires aux collectes imposées. Tu me parles de l'étonnement des flics : le gamin était jusque-là fiché comme activiste non violent. Tu me parles de Beuve-Méry et des autres que tu as sollicités pour le réhabiliter. Pourquoi parles-tu tant de lui ? Est-ce pour ne pas parler de toi ? Est-ce une façon de me parler de toi ? Tu me dis qu'il était jeune et qu'il était un pion. Manipulé par un agent double. Tu me dis que les gens venaient cracher aux fenêtres de Eugène et Henriette. Tu me dis qu'ils hurlaient des injures. Tu me dis qu'il était barge et brillant. Tu me dis qu'il avait des rêves. Tu me dis que cela l'a brisé.

Soudain, tu t'arrêtes. Net. Tu tires le frein à main. « Regarde, une grande roue. » L'air rieur. Elle trône là, sur un grand terrain vague. Autour, quelques manèges. « Ça te dit ? » Je n'ai même pas le temps de répondre. Il est dehors. Je le rejoins. Un brin de soleil anime un peu l'endroit. « On va en profiter, quand même ! » Il est content de son initiative. Nous avançons dans ce désert. On dirait une fête désaffectée. Sans fonction ni bénéficiaires. On frôle quelques fantômes forains. L'endroit a la noblesse d'un Luna Park vide. Au pied de la roue, on demande un billet à un vieux moustachu. Il fait ça sérieusement, il nous tend un jeton. On le donne à l'employé deux mètres plus loin. On s'installe dans une nacelle. Côte à côte. La mécanique s'ébranle, on décolle. En temps normal, le Babbo exècre les attractions qui viennent déjouer leurs propres lois. Le Babbo montre ses paupières. Je me demande s'il a le vertige ou s'il savoure. Il les soulève. Il observe longuement. Il repaît ses yeux. Bientôt, on remarque quelques palmiers pelés plantés sur un coin de la place. Je lui apprends que le palmier n'est pas un arbre mais une herbe. On ne dit pas un « tronc » mais un « stipe ». Je ne lui dis pas pourquoi j'aime les palmiers. J'aime les palmiers parce qu'ils nous font sentir fourmis. À Nice, toute balade sur la promenade des Anglais me fait inévitablement penser à une colonie d'insectes à la queue leu leu, arpentant la verdure jusqu'à son terrier. Je me dis que tout n'est qu'une question d'échelle. Je me dis qu'une fourmi montant dans une grande roue ne verra jamais plus haut qu'un rase-mottes.

On repart pour un tour. Le Babbo referme les yeux. Il bronze. Pour l'homme moderne, le soleil est une chose acquise. Un don bienfaisant, protecteur. Moi je déteste le soleil. Pas tellement pour ses coups. Le soleil est trompeur. On aimerait qu'il soit toujours là, tout près, tout doux. Il nous accompagnerait à toute heure. Mais il se couche toujours du mauvais côté de la mer. Alors j'aime me le représenter comme le firent nos aïeux. Inquiétant et sombre. Jaune abstrus. Je le fixe, jusqu'à m'en faire pleurer. Puis je scrute autour de moi le paysage devenu ténébreux. Soleil noir.

J'ai toujours préféré faire l'éloge de l'ombre. L'ombre, c'est la lumière du sage. Celle qui laisse les idées claires. Elle n'éblouit pas nos pensées.

Elle préserve des morsures du monde. Elle permet de voir sans être vu. Elle permet d'entendre sans être entendu. Parfois on le regrette, on voudrait scintiller aussi. Et puis on se console. On sait qu'on a raison.

Lui, ce qui lui plaît, ce sont ces bains de soleil. Il s'abreuve de rayons. Il aime ça, « se tanner le cuir ». Il aime l'expression. Changer sa peau pour changer de peau. Lui, il se dore à la tyrannie du jour. C'est du Bashung. *Écran total sur [ses] remords. Que dire sinon s'enduire de tous les crimes.*

À présent, à tourner comme ça, le Babbo me fait l'effet d'un poulet rôti chez le boucher. Je le lui dis. Ça nous fait marrer. Le Babbo espère un troisième tour, la roue l'exauce. Il veut faire durer l'instant. L'instant où s'échangent plus que des mots. Il ne bouge pas. Je suis touché. Lui qui a toujours cru que l'émotion naissait du mouvement, s'il savait. Il connaîtrait le sentiment dans l'immobilité. La jouissance dans la quiétude.

Je veux fixer ce moment en moi. J'ordonne à mon cerveau d'en faire le cliché. Ne rien délaisser, ni la fraîcheur piquante du matin, ni la chaleur humaine. Je lie la sensation à l'image perçue. Je me souviens pendant que je vis. Je me souviens de deux grands enfants. De bienheureux païens.

Dans le dernier tour de roue, je me récite un poème connu de Kipling, en pensant à mon voisin.

Tu seras un homme, mon père.

*

Nous arrivons sur son territoire. Le Babbo retrouve ses réflexes. Son truc, ce sont les raccourcis dans Paris. Il redevient un mec à coups de « Connasse ! » et de queues de poisson. Le garage se trouve derrière la gare de Lyon. Il me dit qu'il était gare de Lyon quand il a appris la mort de Piaf et de Cocteau. Le même jour. Il me dit qu'il y pense à chaque fois. Qu'il associe toujours un lieu à un souvenir. Je lui dis que je fais pareil sans parvenir à donner un exemple.

On laisse Choupette au garagiste. Quand on lui explique notre parcours, il secoue la tête et fait la moue. Quand on lui explique le problème technique, il dit : « Ben tiens ! » On lui dit qu'on l'aime beaucoup, Choupette. Ce qu'on ne lui dit pas, c'est qu'on ne sait pas si la Mamma acceptera de payer les réparations. Alors, on s'éclipse vite. On lui laisse Choupette sur les bras.

« Tu prends le métro ? s'enquiert le vieux. Moi je vais te laisser, je pars par là, j'ai un rendez-vous. » D'où lui vient cet impératif soudain ?

Je ne cherche même pas à le découvrir. Existe-t-il vraiment ? Abrège-t-il volontairement notre voyage ? Il me donne une tape sur l'épaule. « À plus tard, bonhomme. » Je le vois tirer sa valise à roulettes sur ce bout de trottoir. Je le vois s'éloigner. Il est un peu voûté, de dos. J'attends qu'il disparaisse au coin de la rue. J'attends de réaliser qu'il vient de s'en aller. Je tente de ne pas penser que ce périple est un échec.

Je rentre dans la gare à la recherche du métro. Pour me changer les idées, je me demande ce que cette verrière m'évoque, à moi. Je me surprends à élaborer une nomenclature des voies ferrées de la capitale. La gare de Lyon, c'est celle des Parisiens. C'est la gare du ski et du soleil. Montparnasse, celle des Bretons et des cols roulés. Gare du Nord, gare de l'Est : les pauvres. Saint-Lazare : les banlieusards. Austerlitz, elle, c'est la gare qui va vers nulle part. Quel Parigot dirait le contraire ?

Je me dis qu'il faudra bien que je réfléchisse à l'échec de ce périple.

Je hume un instant la consistance poisseuse de l'endroit. Je m'engouffre dans un souterrain. Au moment d'acheter un ticket, le guichetier me dit : « Bonjour, que puis-je faire pour vous ? » de la même voix qu'à la dame devant moi et au monsieur devant elle. Je me demande s'il s'en rend compte. Je me demande s'il a compté le nombre quotidien de ses bonjours. Je me demande s'il sait répondre à l'une des grandes questions du monde contemporain : pourquoi les caissières ne vous saluent-elles qu'au moment de passer le premier article au code-barres ? Je me demande s'il s'interroge sur la mécanisation du lien social. Sur l'humanité low-cost.

En attrapant le ticket, je me dis qu'il faudra bien que je réfléchisse à l'échec de ce périple.

Je préfère pour l'heure slalomer entre les gens. Mon sac sur le dos. Des pas chassés entre des paires de jambes. Je saute dans un wagon. Je m'assieds. Plus loin, des petites frappes se moquent de vieux clochards. Des voix du nouveau siècle haranguent des voix de fin du monde. Une pétasse vient poser ses fesses près des miennes. Portable coloré et verbe haut. Elle raconte sa vie. On s'agace d'écouter. Ce qui me dérange, c'est la part de voyeur qu'elle réveille en moi. J'aime trop ce que je ne devrais aimer. Alors je décide de m'étourdir de questions. L'esprit automatique. Je fais ça parfois. Penser à tout pour ne penser à rien. Pourquoi les musiciens du métro se mettent-ils dos à la porte d'entrée, et non au fond, contre l'autre porte ? Pourquoi les fous aiment-ils les gares et le métro ? Y a-t-il vraiment des gens pour acheter les fruits et légumes dans les couloirs ? En ai-je déjà vu ?

Pourquoi y a-t-il des punks à chien ? Pourquoi y a-t-il des punks à chien même à Mulhouse et Charleville-Mézières ? Pourquoi je me les imagine toujours en partance pour Tanger ou Buenos Aires ? Alors pourquoi je trouve débile la phrase : *Il me semble que la misère serait moins pénible au soleil* ? Pourquoi je ne suis pas touché par les mendiants ? Alors pourquoi je suis le seul de cette rame à remarquer l'éclat des mots de celui qui s'approche ? « Mesdames, messieurs, je ne vous dirai ni mon nom ni mon âge. Je ne vous expliquerai pas comment j'ai perdu mon emploi. Je ne quémande pas de gaieté de cœur. Mais un jour, la faim est plus forte que la honte. Alors on commence à tendre la main, en espérant que quelqu'un la saisisse. On commence, en baissant la tête, en se disant que les passants ne sont que des entités. Pas des juges. La petite pièce que je vous demande, c'est pour me rendre humain à nouveau, c'est aussi pour vous rendre humain à mes yeux. »

En lui tendant 1 euro, je me dis que je suis un chanceux. Malgré tout, je me dis qu'il faudra bien que je réfléchisse à l'échec de ce périple.

Je feuillette quelques pages de Zweig.

En poussant la porte de chez moi, je me dis qu'il faudra bien que je réfléchisse à l'échec de ce périple.

Nous nous serons complu dans une ambiguïté pourtant cristalline. Qu'avons-nous fait de nos timidités intimidantes ? Que m'aura-t-il appris ? Un peu de ce qu'il fut. La beauté des vicissitudes. La dignité du provisoire. La grandeur d'une quête. L'inaccessible étoile que chante son Brel. Mon Léo dirait : *T'es rock, coco !* Peut-être est-ce mieux ainsi. Le Babbo n'existe que par ses mystères. Il est fait de ses méandres. C'est un esprit vairon. Il sait que là est sa richesse. Il veut demeurer l'un des rares hommes à posséder une histoire en propre. Il est un spectre. Une image spéculaire qui dissimule au regard ce qu'elle prétend montrer. Mieux, un père manuscrit, un parchemin sur lequel on récrit sans cesse. Un papa palimpseste.

Je me demande s'il a vu le tee-shirt de la demoiselle dans le restaurant l'autre jour. Et s'il y croit :

Ce qui a été compris n'existe plus.

Peut-être n'a-t-il jamais voulu qu'être ce qu'il est devenu ? Zweig est là. *C'est seulement dans les années de la prime jeunesse qu'on identifie encore le hasard avec la destinée. Plus tard, on sait que la véritable orientation d'une vie est déterminée du dedans. Si bizarrement, si absurdement que notre chemin semble s'écarter de nos vœux, il finit pourtant toujours par nous ramener à notre but invisible.*

On a ses parents trop tôt. Quand vient le temps, on ne peut que ramasser à la main les fragments de nos pères.

Le Babbo est mort deux semaines plus tard.

23 juin 2007.

Cancer du foie. Cancer de la foi en lui-même. Il avait fini par se détruire pour avoir trop voulu oublier qu'il se détruisait. Lorsque je l'ai accompagné à l'hôpital pour une de ses visites de contrôle, rien ne m'inquiétait. À défaut d'avoir réussi sa carrière, il semblait trouver dans la maladie le moyen de remporter sa première victoire. Excessif jusque dans ses derniers instants. Inconcevable d'évoquer avec lui sa possible disparition. Un combat avec œillères. Moi, cette attitude semblait me convenir. C'est vrai, le Babbo ne pourrait pas mourir. Pas comme ça. Il lui faudrait une histoire acide, rocambolesque si possible, et un nœud de panache. On le verrait venir, on aurait le temps de s'y préparer : ce serait spectaculaire.

Je repense souvent ces jours-ci au *Vivre* de Kurosawa. À M. Watanabe, ce petit fonctionnaire de l'administration municipale. Trente ans de fade service, et l'annonce soudaine d'un mal incurable. M. Watanabe décide de voir la vie avant de la quitter. Dans ses nuits folles. Dans ses rencontres. Mais il veut plus : il veut laisser une trace. Accomplir quelque chose. Pour lui, ce sera un parc pour enfants. Le Babbo, lui, avait fait le chemin inverse. Il avait connu les nuits folles, il voulait découvrir aujourd'hui l'apaisement. Il paraissait acquérir un début de mesure dans les derniers instants. Une maturité.

La Mamma, elle, avait cru enfin atteindre ce pour quoi elle avait sacrifié sa vie : une certaine idée de l'homme. De son homme. Elle avait tout accepté pour en arriver là : s'abstraire d'elle-même. Elle s'était étourdie de lui. Elle n'avait pas voulu faire comme font tous les autres. Les autres, que font-ils ? Essaimer sans s'aimer. Elle avait démontré que l'amour prend parfois des tournures ignorées. Elle avait démontré que l'amour peut rendre faible et grand. Elle avait magnifié ses doutes de femme et son devoir de mère. Elle avait inventé une noble lâcheté.

J'en venais à jouer de cette convalescence, comme pour l'exorciser. J'avais besoin de l'exagérer auprès de mes amis. J'avais besoin de leur pitié pour m'en défaire. Plus ils me plaignaient, plus je me rassurais. Je surjouais, ils surjouaient, le Babbo devait aussi le faire. Je manquais de sincérité dans le désespoir, me surprenant même dans quelque exaltation romantique. Un enfant n'aurait pas agi autrement. Sa peine, comme son plaisir, n'est entière que si partagée, cooptée par ses proches. Alors seulement, il acquiert la légitimité à ressentir une émotion.

J'en avais le droit. Il me semblait que ce mal venait justifier a posteriori mon caractère ombrageux. Ce cancer devenait le pourquoi de mon être au monde.

Silence dans la voiture. Le Babbo et moi arrivons à l'hôpital Bichat. De ces instants insipides qui vous marquent pour la vie. Sa chambre n'est pas prête. Il s'assied sur une chaise au bout d'un couloir. Il y a une baie vitrée. Derrière, le périph, et cette capitale qu'il ne conquerra jamais. Il contemple, et, sans me regarder, me demande :

« Quel âge tu as ?

– Vingt-trois », je réponds. Lui coutumier de ces oublis d'éphéméride. Il se tait un moment.

« C'est un bon âge pour commencer sa vie. »

Je bredouille un : « Oui, peut-être. » Ce n'est pas ma voix qui tremble. C'est ma respiration. Cette soudaine profondeur me déstabilise. Trop abrupte, trop sincère, trop inhabituelle. Je ne comprends pas, me dis qu'il doit replonger dans sa propre existence. Ses vingt-trois ans, le temps de tous les carrefours. Ses utopies révolues. Croit-il vraiment que ma vie n'a pas commencé ? M'a-t-il jamais posé la question ?

Il prend possession des lieux. Chambre double, pour une simple nuit d'observation cela semble suffire. Dans le lit de droite, un monsieur algérien, même âge. Il pleure beaucoup. Déjà. On tire le rideau entre nous. J'aide le Babbo à sortir ses affaires. Livres par tombereaux, *check*, pyjama, *check*, peignoir, *check*, brosse à dents, *check*, peigne, *check* (mais pour coiffer quoi désormais ?). Lentement, il dépose ses petits objets familiers sur ce lavabo inconnu. Il installe sa dernière demeure.

Il s'allonge. Pour la dernière fois. On attend le médecin. Sûr, ça commentera les dernières analyses et ça te rassurera. Demain, tu seras rentré.

On ne se parle pas. Il me regarde. Je me sens mal à l'aise. Je ne sais réagir à ces pupilles qui me percent. Pour la première fois, je le trouve vieux. Je n'arrive pas à réfléchir, analyser, décortiquer. Quelles phrases lancer ? On est toujours en retard sur les mots qu'on aurait voulu dire.

Dans un sursaut, je prends sa main. Les gens font ça, prendre la main. J'ai peur de lui montrer ma peur. Alors j'agis comme nonchalamment. Je la tapote avant de la saisir. Le coin de ses lèvres s'étire. Par étapes. Un sourire pâle et émacié. Mais un sourire. Il y a de la malice. Tu n'essaies pas de montrer tes dents, tu sais que j'ai bien reçu ton geste. T'es vieux, mais t'es beau. Tu ressembles à ces petits pépés dont la tendresse bouleverse. Ceux qui sourient avec les yeux. Le visage creusé dessine toujours mieux le pli des paupières. Langueur du mouvement, presque décomposé. Mélancolie apaisante car apaisée. Ils surmontent leur fatigue pour jouer, encore un peu, leur rôle social. Fuck la mort, elle peut attendre. T'as de l'allure.

Le médecin tarde à arriver. Je vais bientôt devoir partir. Le Babbo se redresse sur son oreiller. Il s'apprête à parler.

Enfin.

Je n'ose presque pas le regarder. C'est con, je suis ému. Il réfléchit, ça se voit. *Cerveau qui me servit / À me prévoir sans vie*, disait le poète. Il pèse ses mots. Peut-être les a-t-il ressassés toutes ces années pour ce moment précis. Un temps, puis :

« Je veux te dire… C'est important… S'il m'arrive quelque chose… je veux que tu saches que…

– Dis pas de bêtises… »

Je me maudis : pourquoi l'interrompre ? À trop attendre un instant, la paralysie guette parfois à le voir arriver. Mais le Babbo poursuit :

« Si, si… Écoute… Si j'y reste… je veux que tu saches… que… toute une cargaison de lingots d'or doit bientôt arriver en provenance d'Afrique. Ma part me revient. Elle sera pour vous. Mon associé là-bas te contactera. »

À mon tour de sourire. Je ne suis pas déçu. Le Babbo restera fidèle à mes légendes. Je lui réponds : « Ok », je l'embrasse, lui glisse : « À demain à la maison. » Il mourra dans la nuit.

Le lendemain, nous veillerons tard dans la soirée. De longues heures de torpeur collective à tournicoter, s'asseoir, tournicoter, échanger quelques mots à demi prononcés, à demi entendus. Les anecdotes des uns, les larmes des autres.

Cette nuit, je me coucherai à ta place, dans ce lit pour géant. Près des livres en pagaille. Sur ton coin d'oreiller.

Je ne me souviens que d'un murmure. Celui de la Mamma. Tendre et foudroyant. « Ton père est mort en pensant que tu ne l'aimais pas. »

Pour l'éditeur, le principe est d'utiliser des papiers composés de fibres naturelles, renouvelables, recyclables et fabriquées à partir de bois issus de forêts qui adoptent un système d'aménagement durable.

En outre, l'éditeur attend de ses fournisseurs de papier qu'ils s'inscrivent dans une démarche de certification environnementale reconnue.

Cet ouvrage a été composé
par Nord Compo à Villeneuve-d'Ascq (Nord)
et achevé d'imprimer en mai 2013
sur Roto-Page
par l'Imprimerie Floch
à Mayenne
pour le compte des Éditions Stock
31, rue de Fleurus, 75006 Paris

Imprimé en France

Dépôt légal : août 2013
N° d'édition : 01 – N° d'impression : 84944
54-51-0705/1